엄마, 우리 살길 잘했다

홍림 의 마음

넓고 붉은 숲이라는 중의적 의미를 담고 있는 <홍림>은, 세상을 향해 추구해야할 사유와 행동양식의 바람직한 길을 모색하고자 노력하고 있습니다. 폭넓은 독자층을 향해 열린 시각으로 이 시대의 역할 고민을 감당하며, 넓고 붉은 숲을 조성하는데 <홍림>이 독자 여러분과 함께하고자 합니다.

엄마, 우리 살길 잘했다

지은이 최선희
펴낸이 김은주

1판 1쇄 인쇄 2022년 5월 23일
1판 1쇄 발행 2022년 5월 30일

펴낸곳 홍 림
등 록 제 312-2007-000044호17
주 소 서울특별시 마포구 백범로 8 우정마샹스 923호
전자우편 hongrimpub@gmail.com
인 쇄 동양프린팅
총 판 비전북(031-907-3927)

값은 표지에 있습니다.
ISBN 978-89-6934-037-5 (03810)

Mom, good to be alive

엄마, 우리 살길 잘했다

최선희 글 쓰고 그림

홍림

머리말

4월의 어느 이른 아침, 엄마와 봉산에 있는 무장애 숲길을 걸었다. 양 옆으로 나란히 서있는 나무와 그 사이로 비취는 아침 햇살을 맞으며 열심히 걷고 있는데 엄마가 갑자기 멈춰서서 말했다.

> "이것 봐봐, 한나무에 작년에 묵은 이파리랑 이번 봄에 새로 난 여린 잎이 같이 붙어 있지? 이러다 묵은 잎들이 하나 둘 떨어지는 거야. 떨어진 지도 모르게."

자세히 보니 푸릇한 새싹 옆으로 작년 가을부터 진작에 갈색으로 변한, 비틀어지게 마른 잎 몇 장이 아슬아슬하게 붙어 있었다.

사는 것은 그런 건가 보다. 화창하고 따스한 새 봄을 맞이하며 새롭게 살자고 마음먹는 중에도 칼바람을 맞으며 보낸 지난 겨울의 아픔이나 상처, 외로움은 철 지나 어울리지 않아 보이는 묵은 이파리처럼 마음 한구석 어딘가에 끈질기게 붙어 있다가 때가 되면 어느 샌가 떨어져 날아가 버리는 것처럼 말이다.

나를 품은 엄마의 예순 다섯 해, 오랜 시간에 걸쳐 그렇게 길이 된 굴곡진 엄마의 인생길을 뒤쫓아 걸어도 철마다 피고 지는 화려한 꽃에는 깊이 마음 줄 수 없었다. 그랬는데 에라 모르겠다 엉덩이에 흙을 묻혀가며 풀썩 주저앉았더니 발 옆으로 제 멋대로 핀 조그만 들꽃이 이제서야 눈에 들어온다.

불혹(不惑)의 묵은 딸은 사물의 이치를 터득하기는커녕 세상 일에 흔들리지 않을 강한 자신감도 없다. 이순(耳順)이 지나 환갑, 진갑 넘고 곧 예순 다섯이 되는 엄마는 경륜도 많고 성숙하지만 때로는 딸이 하는 말을 듣지 않는다. 논어는 논어고 우리는 우리대로 살아왔다. 진실되고 정직하게. 생각하지도 기대하지도 않았던 일을 겪으며 힘겨워 했던 긴 시간은 좀처럼 끝나지 않았지만, 내일은 좀 더 나아지겠지 하는 기대와 소망으로 기도하며, 서로를 지렛대 삼아 버티고 기대며 여기까지 왔다.

우리 모녀의 눈물, 사랑, 그 반짝임을 발견해주신 홍림의 김은주 대표님께 아주 맛있는 커피를 사드리고 싶다. 우리 삼남매를 포기하지 않고 모진 계절마다 방패막이가 되어주었던 울 엄마, 무엇보다 삶을 포기하지 않으셨던 엄마에게 감사하며, 우리 가족에게 살아야 할 큰 소망이 되어주신 하나님께 감사하다.

"엄마, 우리 산건 잘 했다. 그치?"

최선희

차 례

머리말 • 5

1장
지독한 여름

엄마 암이래 • 12

수술을 준비하며 • 20

하마터면 울 뻔했다 • 24

나는 엄마의 보호자입니다 • 37

달콤쌉싸름한 일상 속으로 • 56

2장
가을의 품

일하는 엄마 • 70

늙느라 아픈 엄마 • 74

엄마의 추수감사절 • 82

사명이라 생각했던 그날들 • 93

엄마가 싸주는 점심 도시락 • 121

먹고 싸고 자고 • 130

그저 걸을 뿐 • 138

외로움과 마주해야 할 어떤 날들에 대하여 • 147

잔소리의 미학 • 153

서로에게 다른 배려심 • 165

좋아하고 싫어하는 것 사이 • 170

3장
당신의
그 애잔했던
그해 그 겨울

우리 가족의 출애굽기1 • 176

우리 가족의 출애굽기2 • 182

아주 깊고 조용한 애도의 시작 • 189

나의 반쪽이 사라졌다 • 194

누구도 구원해주지 않았던 시절 • 199

광야를 지나며 • 204

4장
봄,
일상으로부터
오는 위로

햇볕 찜질 • 212

서로를 돌본다는 것 • 216

잘 먹고 잘 살자 • 222

우리는 매일 소풍을 갑니다 • 231

느지막이 하는 공부 • 239

엄마는 학생, 아들은 선생님 • 245

할머니가 되고 싶어 • 248

엄마는 영웅시대 • 256

괜찮아요 • 262

후기 • 268

엄마는,

술만 먹으면 폭군으로 군림했던 아버지란 존재에 유일하게 대항하며,

가족의 일이라고 고개를 돌리며 아무도 몰라주는 우리의 아픈 매일을

보듬어주고 지켜주는 그런 존재였다.

어쩌면 가족 중 누구 하나는 죽이고 누구 하나는 죽을 수도 있는

그 지옥 같은 일상에서 뜨거운 지옥불 맨 앞에 서 있었다.

자식들을 그을림 하나 없게 하려고 매일 밤 무서운 화마(火魔) 앞에

버티고 서서 뜨거움과 무서움, 불안함을 모두 이겨냈던 소방관이었다.

그렇게 강한 엄마에게 죽음의 그림자를 지고 다니는 큰 질병이

불청객처럼 찾아왔다.

1장

지독한 여름

엄마
암이래

엄마를 모시고 정기 건강검진을 갔는데 초음파 검사에서 간에 혈관종이 보인다는 진단이 나왔다. 2.5센티미터. 악성은 아니라고 했지만 6개월 전에 했던 검사 결과보다 크기가 커졌다고 했다. 정말 괜찮은 건지 미심쩍어져 큰 병원에 가봐야 하는 건 아닌지 묻고 또 묻자 그제서야 의사 선생님은 큰 병원에 가서 CT를 찍어봐도 괜찮겠다고 했다.

"어디로 가는 게 좋을까요?"
"음 …… ○○도 있고, 성모병원도 좋습니다."

병원에서 '뭐가 있다, 뭐가 보인다'라고 하니 가슴
이 철렁 내려앉았다. 피할 수 있다면 피하고 싶고,
듣지 않아도 된다면 듣고 싶지 않은 이야기였다.
우리 삼남매는 어느 병원으로 가야 하나 의논하다
가 결국 집과 가깝고 가장 최근에 지어진 은평성모
병원으로 가기로 결정했다. 최신식의 건물에 최첨
단 의료기기를 가지고 있을 터이니 더 확실하고 명
확하게 진단하는 데 도움이 되지 않을까 하는 일말
의 기대도 있어서였다.

예약된 진료와 검사를 마치고 결과를 듣기 위해 소
화기내과 외래진료를 기다렸다. '사회적 거리두기'
라는 안내문이 붙어있는 의자를 하나씩 건너띄어
엄마와 내가 앉고, 동생은 의자 옆 벽에 기대어 서
서 꽤 긴 대기시간 내내 좀처럼 자리에 앉지 못했
다. 호명을 기다리는 환자 이름은 엄마 하나였지만
두 딸을 포함한 이름이었다. 우리는 우리의 순서를
기다렸다. 진료실 문 옆에 작은 전광판에는 대기중
인 환자 이름이 하나 둘 위로 올라가며 방에 들어

갈 자기 순서가 되면 담당 간호사의 질문에 따라 이름과 생년월일을 확인하고 진료실로 들어가는 순서였다. 대기실과 진료실 복도는 진료와 검사결과를 기다리는 환자와 보호자들의 초조함과 긴장감, 뛰어다니는 간호사들의 분주함이 뒤섞여 뭔가 작은 틈도 없이 꽉찬 공기로 갑갑하게 느껴졌다.

우리는 서로 말 없이 조용히 기다릴 뿐이었다. 마치 학생주임 선생님께 불려와 교무실 문앞에서 선생님의 호출을 기다리는 학생들 같아 보였다. 불려올 만큼 특별히 잘못한 일도 없는 것 같은데, 드디어 엄마 이름이 대기 명단에 올라오고 한 줄씩 위로 떠오를수록 긴장은 고조되고 숨이 가빠져 나도 모르게 마스크 안에서 심호흡을 내뱉었다. 동생과 나는 얼굴을 반 이상 가린 마스크 위로 빼꼼히 보이는 눈이 서로 마주치자 눈짓으로 말을 걸고 눈짓으로 대답을 했다.

    '괜찮겠지?'

'걱정하지마! 괜찮을 거야'

'그래, 괜찮을 거야. 별일 없을 텐데 걱정은 무
슨…….'

동생 앞에서 애써 침착하려 했지만 나도 모르게
진료 순서를 알려주는 전광판과 진료실을 수시
로 오가는 간호사의 동선에 시선이 고정되어 마치
CCTV나 블랙박스 카메라처럼 눈 안에 들어오는
모든 것을 기록해 두려는듯 눈만 따라 움직였다.
엄마 이름이 맨 윗줄에 올라가니 아직 그 앞에 들
어간 환자가 진료실에서 나오기 전부터 동생과 나
는 벌떡 일어나 서 있었다. 엄마의 이름이 호명되
고 간호사는 대기실과 진료실의 국경을 넘는 이의
신원을 확인했다. 나는 엄마의 이름과 생년월일을
암호처럼 답하고 통과되어 담당 선생님을 만나러
진료실문 안으로 들어설 수 있었다.

문을 열고 들어서자마자 우리는 선생님에 인사를
했다. 엄마는 특히나 깍듯하게 고개를 푹 숙이며

인사했다. '안녕하세요'라고 인사했지만 사실 울
엄마 잘 봐달라는 아부 인사였다. 엄마는 수줍어하
듯 고개를 숙이며 몇 발자국 걸어가서 의사 선생
님 앞 가까이 놓인 환자용 의자에 앉고 나와 동생
은 엄마 뒤로 진치며 섰다. 선생님이 말을 꺼내기
전까지는 먼저 묻지도 못하고 그냥 멍하니 장승처
럼 서 있을 뿐이었다. 선생님도 우리도 아무 말을
하지 않고 있던 시간은 왜 그렇게 긴장되고 떨리는
지, 진료실 안은 저쪽 벽으로 기대어 앉아있는 간
호사가 사내 메신저로 누군가와 대화를 주고 받는
지 자판을 두드리는 빠른 타이핑 소리와, 의사 선
생님이 컴퓨터 모니터에 검사 결과지로 보이는 사
진 몇 장을 띄워놓느라 마우스를 딸깍거리는 소리
로 가득했다.

몇 번의 딸깍거림과 '음...', 아...' 하며 집중해 결
과지를 읽는 선생님의 외마디 의성어가 이어졌다.
엄마와 동생, 나까지 우리 셋은 선생님의 입만 쳐
다보며, 뭔가 이해할 수 있을 만한 이야기가 흘러

나오기만 기다리고 있었다. 기다리는 여동생은 기도하듯 모은 두 손을 놓지 못하고 두 눈은 선생님에게 집중되어 있었다. 선생님의 입이 언제 떨어질까, 우리는 숨도 크게 쉬지 않았다.

"음, 암이네요. 간에 암이 하나 있어요."

교수님은 '음' 소리를 길게 내며 뜸들이는 것 같더니 덥석 덤덤하고 아무렇지 않게 암이라고 말했다. 의사 선생님의 담담한 말투에 엄마는 마치 예상이라도 했다는 듯이 고개를 끄덕였고, 나는 또 왜 그랬는지 덩달아 끄덕거렸다. 마음 여린 여동생은 꼭 모은 손과 발끝을 순간 오므렸는데 긴장하듯 힘이 들어갔는데도 잠깐, 아주 잠깐 몸이 흔들렸다. 엄마와 동생의 모습을 보며 정신이 번뜩 들었다. 암이라고 뱉어진 이상 나라도 정신을 바짝 차려야지 싶은 생각에 강한 긴장감이 밀려왔다.

암 진단 후 교수님은 간에 이상이 있다는 것을 어

떻게 감지하고 이 곳 대학병원까지 오게 되었는지, 그 동안 간 건강을 어떻게 관리했는지, 같이 온 딸들의 간 건강은 어떤지 두루두루 질문했다. 나는 그야말로 의식의 흐름대로 대답했다. 긴장했지만 마치 꿈꾸는 것같은 십여 분이 지나 우리는 진료실에서 나왔고 꿈에서 깨어났다.

엄마를 차로 데려 가려고 늦게 병원 주차장에 도착한 남동생에게 이 결과를 어떻게 알려줘야 할지 주차장을 내려가는 동안 생각이 많아졌다. 엄마와 다 같이 있는 자리에서 엄마의 암 이야기를 꺼낼 자신이 없었다. 어떻게 해야 할지 고민이 되었다. 엄마는 강한 사람이고 담대하기가 천하제일이지만 암은 왠지 그 담대함에 작은 균열을 낼 것만 같았다. 서둘러야 하지만 서두르지 않고 엄마가 담담하게 잘 받아들이고 치료를 받을 수 있는 마음으로 준비되었으면 했다. 진료실에 함께 들어가지 않았던 남동생이 놀라 당황하지 않게 나는 주차장으로 내려가는 엘리베이터 안에서 짧은 문자를 보내 놓았다.

'엄마 ...... 암이래.'

수술을
준비하며

수술 날이 며칠 앞으로 다가오니 뭔가 더 챙길 것
이 없는지 계속 쉼 없이 체크하게 되었다. 가만히
보니, 엄마 머리카락에 흰 뿌리가 꽤 길게 올라와
있었다. 평소에 남이든 본인이든 외모가 정갈하고
깔끔한 것을 좋아하는 엄마인데, 비록 아픈 데 고
치려고 들어가는 것이지만 병원에 입원할 때와 나
올 때는 평소처럼 깔끔한 모습으로 의료진 앞에 서
고 싶었다. 더운 여름내 금세 덥수룩해진 엄마의
머리를 정리해 주려고 가위를 잡았다. 나는 집에서
만 통하는 아마추어 미용사지만 엄마 머리를 만진

건 꽤 오래되었다. 염색은 족히 십여 년은 넘었고, 코로나로 미용실 가기 꺼려지던 2020년부터는 커트도 직접 해왔다.

　　이날은 테라스에 신문을 넓게 깔아놓고 전문가 흉내를 내보았다. 따가운 여름 태양 빛을 가리느라 선글라스도 끼고 앞치마도 하니 꽤 그럴싸해보였다. 여느 여자들처럼 자주는 아니지만 1년에 한두 번 연례행사로 미용실 다니면서 거울 뒤로 비추던 미용사의 손놀림을 복기하며 한 손에 들어올 만큼 머리칼을 잡아 촘촘한 빗으로 빗고 적당한 길이로 머리끝을 잘라내기를 반복했다. 한쪽 벽에 아슬아슬하게 세워둔 얼굴거울에 머리 모양새와 엄마 얼굴을 번갈아 쳐다보며 한참을 손질하다가 마침내 고개를 끄덕이며 마무리했다. 커트와 염색까지 완벽하게 하고 나니 엄마는 한층 더 젊어진 모습이었다.

"엄마, 이뻐! 10년은 젊어 보인다!"
"정말?"

매번 똑같은 레퍼토리인데도 엄마는 늘 반갑게 받아들인다.

차근차근 병원 들어갈 짐도 쌌다. 괜히 마음이 떨리고 긴장되었다. 이튿날, 온라인으로 예배를 드렸고, 이후로는 종일 별일 없이 쉬었다. 오후에는 엄마가 퇴원하는 날 입을 겉옷을 말끔하게 다려놓았다. 수술 후 잘 회복되어서 엄마가 좋아하는 초록빛 린넨 셔츠 입고 웃으며 퇴원하기를 바라면서….
간절히 기도했다.

하마터면
울
뻔했다

입원 당일 아침. 수녀님이 찾아와 수술을 위해 기도해 주었다. 우리는 천주교는 아니지만, 고개를 숙이고 눈을 감고 함께 기도했다. 마음을 다해 환자의 치유와 회복을 빌어주는 힘 있는 기도에 감사했다. 수술이 조금 늦춰졌다는 안내에 시간 여유가 생기자 엄마는 침대 머리맡에 놓아둔 성경책을 읽다가 잠시 누웠다가 다시 일어나기를 반복했다. 심혈관 질환이 있는 왼쪽 환자분에게 말을 걸며 이야기, 저 얘기 나누기도 했다.

　　　　나도 평안한 마음으로 엄마를 수술실로 보

내려고 했지만, 침대에 누워 눈을 꼭 감고 수술실 문이 열리기를 기다리는 엄마 모습을 보자니 평상심을 유지하기가 어려웠다. 수술시간 동안 잠시도 쉬지 않고 계속 기도할 수밖에 없었다. 생각보다 길어지는 수술로 내 기도도 길어졌다.

⋮

엄마는 나이 들면서 언제부터인가 끼니 거르는 것을 너무 힘들어하는데 병원에 입원하고 나서는 식사량을 2/3로 줄였다가 다시 1/2로 줄였다. 수술받을 준비를 하는 것이었다.

  "수술 받으려면 든든히 먹어야지, 엄마."
  "아니야, 속이 부대끼지 않도록 조금씩 줄이는 게 좋아."

조용히 입원하고 수술한다고 해도 가깝게 교제하며 지내던 분들과는 소식을 전하게 되었다. 입원

전부터 계속 마음을 모아 기도해주던 주변에서 안부를 물어오는 연락이 계속 이어졌다.

> '엄마가 간암 수술을 받게 되셨어요. 사이즈도 작고 초기라 다행이에요. 수술로 치료할 수 있다고 하니 그 또한 감사한 일이고요. 더운 날 긴급한 기도 요청을 드리게 되었어요. 기도 부탁드려요.'

초기 암이지만 전신마취에 대여섯 시간이나 걸리는 수술인데, 큰일을 앞두고 있는 엄마는 의연하고 담대해 보였다. 엄마의 담대함은 남아있는 가족들에게 평안함을 주었다. 그렇지만 지나고 보니 엄마라고 왜 불안하지 않고 왜 마음이 힘들지 않았겠나 싶다. 자식들을 위해 자신의 불안함마저 숨기며 들어도 들어도 낯설기만 한 '암'이라는 병마(病魔)에 의연히 맞서며 죽음의 공포, 무서움과 불안함에 홀로 싸워 이기려 애썼던 엄마의 시간이 퇴원하고 몇 개월이 지난 이제야 읽힌다.

엄마는 애굽에서 종노릇 하며 살던 이스라엘을 광야로, 그리고 가나안 땅으로 인도하여 내려고 하나님이 세운 모세와 같았다. 술만 먹으면 폭군으로 군림했던 아버지란 존재에 유일하게 대항하며, 가족의 일이라고 고개를 돌리며 아무도 몰라주는 우리의 아픈 매일을 보듬어주고 지켜주는 그런 존재였다. 어쩌면 가족 중 누구 하나는 죽이고 누구 하나는 죽을 수도 있는 그 지옥 같은 일상에서 뜨거운 지옥불 맨 앞에 서 있었다. 자식들은 그을림 하나 없게 하려고 매일 밤 무서운 화마(火魔) 앞에 버티고 서서 뜨거움과 무서움, 불안함을 모두 이겨냈던 소방관이었다.

그렇게 강한 엄마에게 죽음의 그림자를 지고 다니는 큰 질병이 불청객처럼 찾아왔다. 하지만 엄마는 20여 년 전 그때처럼 강해졌다. 아니, 강해져야 한다고 다짐하고 또 다짐했던 것 같다.

⋮

드디어 수술 날이 되었다. 전날 점심 이후로는 약

을 넘기는 물 한 모금 외에 아무것도 먹지 못해 기운이 없을 법한데 그래도 엄마는 담담하고 차분하게 수술 호출을 기다렸다. 처음에 오전 열한 시 반이면 시작한다고 했던 수술이 아침 첫 번째 수술로 바뀌었다가 다시 낮 열두 시 전후로 바뀌었는데, 그러고도 호출이 없었다. 기다리는 5분, 10분이 너무 길게 느껴졌다. '언제'라고 알고 있는 것이 이토록 마음 편한 것이었나 싶었다. 15분가량을 더 기다린 후에야 간호사가 갑자기 엄마의 이름을 부르며 수술 들어가자고 왔다.

"종례님, 수술 들어가실 거예요."

쇠북 종(鍾)에 예도 례(禮), 종례.(엄마는 누군가에게 이름을 말할 때, 단번에 발음을 알아듣지 못하면 이름을 한자로 풀어서 설명하곤 했다). 간호사가 엄마의 이름을 부르고, 내가 먼저 용수철처럼 자리에서 튀어올라 일어섰다. 그 이후에는 자리에 앉지도 못하고 엉거주춤한 자세로 온몸에 긴장과

힘이 들어가 내내 서 있었다. 엄마는 옷 매무새를
정돈하고, 이송직원과 담당 간호사는 엄마가 수술
실 침대로 옮겨 눕도록 도왔다.

　　"보호자님도 따라가실 건가요?"
　　"네네!"

직원이 엄마 침대를 밀고 나가려는데 옆자리 환자
들이 며칠 사이 정이 들어 수술 잘 받으라고 응원
과 격려의 인사를 건네주었다.

　　"감사합니다."

나지막이 짧은 대답을 하고 웃어 보이는 엄마의 뒷
모습을 보며 남은 대답은 내가 마저 했다.

　　"네, 수술 잘 되실 거예요. 감사합니다. 다들
　　쾌차하시고 건강 찾으시기를 기도할게요."

휴대전화만 대충 챙겨 들고 엄마 침상을 뒤따라가는데 병실 문을 나서는 순간부터 영화 속으로 들어간 것 같다. 엄마가 이송직원의 도움을 받아 침대에 누워 수술실로 이동하는 그 길이 길지도 않은데 직원이 엘리베이터 몇 층을 누르고 내려갔는지, 다시 입원 병동으로 올라왔으면서도 수술실이 몇 층이었는지 좀처럼 기억나지 않는다. 수술 침대에 달린 바퀴는 스르륵 스르륵 너무도 잘 굴러가서 걸음이 빠른 편인 나조차도 잰걸음으로 종종대며 따라가야 했다. 너무 담담해 보이는 엄마의 손을 붙잡고 내가 할 수 있는 건 그래도 힘을 더 내라는 흔해빠진 응원뿐이었다. 힘 되는 말은 다 갖다 붙였다. 엄마에게 힘이 된다고 하면 춤이라도 출 판이었다.

"엄마, 힘내! 씩씩하게! 잘할 수 있어!"
"아무 걱정하지 마. 다 잘 될 거야."

수술실 앞에 도착하자 들어가기 전 본인 확인을 하고 잠시 대기를 하게 했다. 수술실이라고 대문짝만하게 쓰여 있는 문 앞에 멈춰 섰는데 순간 나도 모르게 울컥해버렸다. 하마터면 울 뻔했다. 엄마를 계속 보고 있으면 눈물이 왈칵 쏟아질 것 같았다. 수술실 앞에서 침대에 누워있는 엄마를 똑바로 바라보기가 너무 힘들었다. 그렇지만 참았다. 거기서는 울면 안 되니까. 지금껏 잘 참았는데, 아니 지금껏 잘 참아온 엄마 앞에서 내가 울어버리면 안 되니까, 솟구쳐 오르는 눈물을 꾹꾹 참아 삼키고 엄마의 따스한 손을 붙들고 다시 한 번 힘을 실었다.

"엄마, 아무 걱정 하지 말아요. 수술 잘 될 거예요. 주님이 깨끗하게 고쳐주실 거예요. 힘내고……."

속에서 눈물이 넘어와 목구멍이 막히니 말을 끝까지 맺지 못했다. 엄마를 실은 이동침대는 수술실로 들어갔다. 정말이지 엄마도 힘을 내야 하는 순간이 왔다.

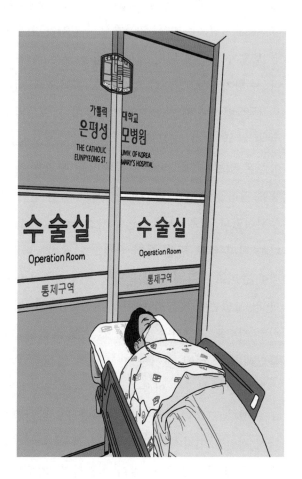

은평성모병원의 병원 규칙인지, 코로나 때문인지 알 수 없지만, 수술 후 중환자실로 환자가 이동하면 보호자는 원래 있던 방에서 짐을 모두 빼야 했다. 중환자실에서 다시 입원실로 올라오게 되어도 같은 병실에 배정되지 않기 때문이다. 그야말로 '방을 빼야' 했다. 이부자리며 옷가지, 냉장고에 넣어놓은 밑반찬 몇 가지, 간식거리를 챙기고 보니 등에 짊어질 백팩을 빼고도 1208호에서 뺀 짐이 세 뭉텅이였다. 병원 안에 보관할 장소가 마땅치 않아 나는 적지 않은 짐을 챙겨서 집으로 돌아왔다. 빨래를 돌리고 아무렇지 않게 밥도 챙겨 먹으며 담담한 척 보냈는데 예상한 대여섯 시간의 수술시간이 한참 지나도 끝났다는 기별이 없자 점점 답답하고 불안해졌다. 생전 손에는 땀도 나지 않는데 손이 축축해졌다. 불안한 마음을 잠재우느라 동생과 기도를 했다. 그러다 시계를 보고 화장실도 다녀왔다 다시 집안을 이리저리 서성이다가 안 되겠다 싶어 소파 위에 무릎을 꿇고 앉아 기도하고, 기도하다 샛눈을 뜨고 시계를 쳐다보았다. 넓지도 않은 집안을 괜히 종종거리며 돌아다니고 '기도하기'와 '시계 보기'를 반복했다.

엄마의 간암 수술은 대략 여섯 시간 정도가 걸렸다. 여섯 시간이 좀 모자라게 지난 것인지 여섯 시간 남짓이었는지는 확실히 알 수 없다. 엄마가 수술실이라고 위협적일 만큼 큰 글씨로 쓰인 방에 들어간 이후로 계산하면 여섯 시간이 훨씬 넘었는데도 수술이 잘 끝났다는 연락을 받지 못했다. 나중에 엄마에게 듣고 보니 수술문을 통과해 바로 수술방이 나오는 게 아니라 수술 대기실과 같은 곳에서 한참을 기다렸다가 수술방으로 들어갔다고 하니 수술에 걸린 시간이 딱 여섯 시간이었는지, 조금 모자라거나 넘었는지는 알 수 없다. 단지 엄마를 수술실로 들여보낸 후 여섯 시간 하고도 15분이 지나서 우리는 답답한 마음으로 병원에 연락을 했고 다시 수술 담당 외과 주치의에게 연락을 받은 게 다시 15분 정도 지난 후였으니 최소 여섯 시간 반이 지나서야 엄마의 상황을 확인한 셈이다. 선생

님은 수술은 잘 끝났고 중환자실로 이동해서 회복
중이라고 했다.

　　　엄마의 안녕을 기도하며 엄마의 안부를 기
다리는 여섯 시간이 그렇게 흘렀다. 드디어 힘들게
연결된 주치의 선생님과의 1분도 채 되지 않은 짧
은 통화를 끝마치고 나니, 편히 쉬어지지 않던 숨
이 쉬어졌다. 얼마나 꿇고 있었는지도 모를 만큼
오랜 무릎 꿇기에도 좀처럼 저리지 않던 다리가 찌
르르 저려왔다.

나는
엄마의
보호자입니다

암 환자 가족이 되어보니 가슴 한켠에 묵직한 것이 들어차 앉았다. 마치 그 무게는 제주도 해녀들이 물질할 때, 바다 깊은 곳으로 몸을 던져 가라앉히기 위해 허리에 무거운 납덩이를 달고 들어가는 것과 같았다. 바람에 흔들려도 꺾이지 않아야 하고, 위로를 가장해 쫑쫑거리는 물살에도 쉽게 휩쓸리지 않아야 하기 때문에 그런 무거운 무엇인가를 들여앉히지 않고는 현실과 제대로 맞짱 뜰 수 없었다. 그래도 암을 이겨낼 가장 좋은 방법은 결국 나는 이겨내겠다, 이겨내고야 말겠다는 굳은 마음가

짐이 있어야 하더라.

수술을 하고 중환자실에서 하룻밤을 지낸 엄마를
1208호 병실에서 만났다. 기도 외에는 아무것도 할
수 없었던 지난 밤이 어떻게 지나갔는지 모르겠다.
수술실에서 중환자실로, 다시 1208호 입원 병동으
로 올라온 엄마는 두 명의 간호사의 보살핌을 받
고 있었다. 코로나로 건물 밖을 나갈 수 없으니 새
로운 병실도 나무와 산이 잘 보이는 창가 자리이길
바랐는데, 고스란히 그런 자리를 만났다. 커다란
창으로 밝은 빛이 들어오는 창가 자리 침대에는 두
천사가 엄마를 지켜주고 있었다.

　　　　남동생과 보호자 바통 터치를 하고 두 번
째 보호자로 병원에 들어가니 동생이 간간이 보내
주었던 사진과는 느낌이 사뭇 달랐다. 엄마가 수
술 전 식사를 할 수 있을 때는 옷만 환자 옷을 입었
지, 평소와 다름없었는데 수술을 마치고 돌아와서
는 나의 역할도 커지게 되었다. 옆에서 엄마가 필요
한 것을 살피는 일을 하는 것뿐만이 아니었다. 엄마

의 기분을 살피고, 옆 침대 환자들을 보며 수술 회복이 더딜 때도 마음이 마냥 가라앉지 않게 환기해주고 무한 응원하는 역할도 내 몫이었다. 자연스럽게 회복의 수순을 밟고 있다가 갑자기 뒷걸음질 치듯 회복이 더딜 때도 괜찮다, 걱정하지 말라, 다시 회복할 것이라고 용기를 북돋아야 했다. 밤사이 열이 37도를 넘지 않도록 얼음찜질을 하고, 피 주머니에 고이는 피고름의 색과 양을 체크하고 소변 주머니에 순식간에 채워지는 소변을 비우고 그 양을 체크해서 간호사에게 보고해야 했다. 식전 약과 식후약을 챙기고, 삼시 세 끼 식사도 회복에 필요한 만큼 적절하게 먹을 수 있도록 권하고, 입맛 돋는 간식거리도 챙겨야 했다. 엄마는 수술 후 가스를 배출하자마자 미음을 4일 가까이 먹고 나서야 죽으로 넘어갔고, 죽도 3~4일 먹은 후에야 밥으로 넘어갈 수 있었다. 그 단계마다 우리 모녀는 감사로 박수치며 식판을 받아들었다.

"와!"

여느 환자들에게처럼 식판을 넘겨주고 스치듯 지나가려 했던 직원이 함성과 박수 소리에 바쁘게 가던 길을 멈춰 돌아왔다.

"뭐가 그렇게 좋으세요?"
"밥이 나와서요. 수술하고서 오늘, 처음 밥이예요!"

열하루만에 받아보는 밥상이었다. 매일 받아먹는 평범한 한끼 밥상이 이렇게 귀한 것인 줄 새삼 깨닫게 되었다. 미음과 죽으로 일주일을 보내고 받는 고슬고슬한 흰쌀밥과 국, 깍두기, 나물, 멸치볶음과 장조림, 흔한 밥상이지만 엄마는 감사히 받았다. 나도 덩달아 침대 접이식 식탁을 펴고 밥상 앞에 앉아 좋아하며 엄마랑 함께 손뼉 쳤다. 간간하고 군침 도는 반찬도 없는 지극히 평범한 밥상을 마주하고 그렇게 손뼉 치며 좋아했건만 좀처럼 입맛이 올라오지 않는지 엄마는 입이 개운해지는 시원한 물김치만 비워내고 나머지 반찬과 밥은 뜨는

둥 마는 둥 했다. 평소에 아파도 죽 반 그릇 이상은 먹었던 엄마인데 식욕이 떨어지니 어느 집, 입 짧은 아이처럼 보였다. 엄마에게 한 숟가락이라도 뜨게 하려고 '한 숟가락만, 한 숟가락만'하며 애원하듯 권했는데 결국 안 먹고 숟가락을 힘없이 내려놓았을 때는 너무 속상했다. 그러고는 거의 뜨는 둥 마는 둥 하던 엄마가 대부분 남긴 밥을 나더러 먹으라고 했다.

"밥 좀 먹어. 어? 얼른 먹어!"

나는 너무 화가 나서 아무 대꾸도 없이 거의 그대로인 식판을 퇴식구 선반에 내버리듯 던져놓고 와버렸다. 수술 후 폐에 물이 차서 운동도 많이 해야 물이 빠지는데 식사를 하지 않으니 기운이 없어서 운동을 할 수 있을까 걱정이 이만저만이 아니었다. 밥 잘 안 먹는 초등학생 딸내미에게 어떻게 하면 밥 한 숟가락이라도 더 먹게 할까 고민하는 엄마 같은 심정이었다.

엄마의 간암 수술 이후 4일 차가 되던 날, 수술 후 줄곧 꽂고 있던 소변줄을 담당 교수의 아침 회진 후에 제거했다. 담당 간호사는 이후부터 소변량을 측정하라고 보호자인 나에게 주문했다. 그런데 소변 통에 눈금이 없어서 계량할 수가 없으니 난감했다. 결국 소변량 측정 컵을 만들기로 했다. 지하 2층 편의점에서 샀던 커피 담는 일회용 투명 컵에 물을 담아 세탁실에 있는 저울로 재어 10밀리리터 단위의 계량 눈금을 만들었다. 꽤 괜찮은 계량컵을 만들고 나니 뭔가 보호자 역할을 충실히 하는 것 같아 뿌듯했다.

그날 점심부터 엄마는 죽을 먹을 수 있게 되었다. 여러 수액 옆에 투박하게 생긴 무통 기계를 빼고 패치로 된 진통제를 가슴팍에 붙였다. 간호사가 수술 부위에 드레싱을 해주었는데 드디어 수술 부위에 철심 스테이플 비슷하게 생긴 것을 제거했다. 깊은 수술 자국이 눈에 더 잘 보여 마음이 찡했다. '울 엄마 얼마나 아팠을까……'

이튿날, 얼음찜질! 그날의 가장 큰 미션이었다. 오전 열한 시부터 체온이 37도를 넘어서는 미열이 계속되자 간호사는 체온이 떨어질 때까지 얼음찜질을 해야 한다고 했다. 종일 엄마의 어깨와 목, 뺨 부위까지 얼음찜질을 했다. 밤 열 시까지도 체온이 떨어지지 않아서 어떻게 하나 걱정이 들어 컨디션이 저조한 엄마를 데리고 12병동 복도를 스물아홉 바퀴나 돌았다. 오후 네 시 회진에서 담당 교수의 말이 엉뚱하게 내 귀에 박혔다.

> "밥이 약이라고 생각하고 조금 더 드세요! 간은 회복하려면 잘 먹어야 해요."

그 다음날, 일찍 일어나는 엄마에게 맞춰 나도 새벽부터 저절로 몸이 일으켜졌다. 아니, 깊은 잠에 들지 못했다. 긴 밤을 자다 깨다 하며 보내고 있었다. 수술 1주일이 지나 CT 검사를 했는데 폐에 물이 아직 많이 차 있고 쭈글쭈글하다고 했다. 담당 교수는 심호흡과 운동을 열심히 해야 한다고 몇 번이나 강조했다. 엄마는 전날보다 적게 먹어서인지 기운이 없어서 운동도 조금밖에 하지 못했다. 대신 휠체어를 자꾸 태워달라고 청했다. '직접 걸어 다니며 운동해야 하는데……' 하면서도 어린애 같은 엄마의 간청에 마지못한 척 넘어가 버렸다. 오후 다섯 시가 넘어 외래진료가 다 끝난 후, 휠체어에 엄마를 태우고 지하 2층까지 내려가 병원을 한 바퀴 돌며 실내 콧바람을 쐬었다. 앞뒤가 훤하게 트인 야외공원이면 얼마나 좋을까 싶었다.

휠체어 산책을 한 다음 날, 새벽부터 자정까지 엄마는 총 열한 번이나 화장실에 갔다. 물은 우유까지 700밀리리터를 마셨다. 죽을 먹은 지 4일째인데 점점 흰죽이 질리는 것 같기도 하지만, 엊그제 의사 선생님의 '보약 이야기'를 무기 삼아 '빨리 회복하려면 좀 더 먹어야 한다.'고 괜히 엄포를 놓으니 한 숟가락씩 더 먹었다. 애쓰는 엄마가 고마웠다. 내가 엄마 같고, 엄마가 내 딸 같았다.

　　　덕분에 그동안 매일 채혈하고 수액 넣을

때 환자나 간호사 모두 편하게 했던 어깨 앞쪽 쇄
골 부위에 넣었던 굵은 중심정맥관을 제거했다. 엄
마는 손등 위로 수액 넣을 주삿바늘을 찌르니 불
편해했다. 아프고 불편하다고 했다. 간호사는 차
츰 수술 부위 실밥을 조금씩 제거한다고 했다. 산
소 콧줄도 빼자고 해서 몇 시간 빼놓았는데, 저녁
에 측정했던 결과가 낮아 산소 콧줄을 다시 하게
됐다. 전날보다 많이 먹고, 오전부터 정맥관 제거
하고, 새로운 주삿바늘 꽂느라 고생한 엄마를 위해
휠체어로 두 바퀴 서비스 운행해드렸다. 좋아했다.

코로나로 병원 건물 밖으로는 한 발자국도 나가지
못한지 11일이 되도록 병원 밖에 있는 가족들과 잠
깐 만나는 것도 허락되지 않았다. 옷가지나 먹거리
를 로비에 있는 안전요원을 통해서만 맡길 수 있고
시간차를 두고 찾아갈 수 있었다.
　　　　커피를 너무 마시고 싶었다. 병원 자판기
에 있는 블랙커피를 한 번 먹어보았지만, 커피콩을
물에 휘적거리다 만 것 같은 밍밍한 커피가 영 입

맛에 맞지 않았다. 동생에게 SOS를 쳤다.

"내가 커피 내려서 가져다줄게."

동생이 커피를 가져다가 로비에 맡겨놓았다는 전화를 받자마자 나는 로비로 내려갔다. 건물 밖에서 멀리 희미한 실루엣이라도 마주보며 인사하고 싶어 작전을 짰다. 잠깐 기다리라고 하고 나는 건물 안에서, 동생 윤희는 건물 밖에서 손을 흔들며 짧은 인사를 나눴다. 동생이 핸드드립으로 진하게 내려다준 커피에, 다른 텀블러에 따로 챙겨다 준 얼음 몇 알을 넣어 시원한 아이스 커피 한 모금을 마셨다. 커피 한 모금에 피곤이 날아가는 듯했다.

수술 후 2주 가까이 지나 조직검사를 했다. 결과가 좋았다. 배액 관을 통해 폐에서 물을 빼는 것도 하루 100밀리리터 이하면 퇴원이 가능할 것 같다고 했다. 밤에 잠을 잘 자지 못해 처방받은 수면제도 반으로 줄여서 복용하기로 했다. 엄마가 점점 회복하고 있는 것을 매일, 순간순간 보고 느끼며, 어느 때보다 더 큰 감사로 가득했다.

입원 병동에 있다 보니 여러 환자를 만나면서 소소한 간식거리도 서로 나누어 먹게 되었다. 건너편 환자의 보호자는 식사 후 꼭 믹스커피를 마시는지 몇 번이나 나눠주었다. 엄마는 아직 믹스커피를 마실 수 없고 나는 믹스커피를 먹지 않아서 약간 난감하기도 했지만, 엄마는 향으로 커피를 마시고 나는 감사함으로 한 모금 마셨다. 달달한 맛이 아침을 시작하는 힘을 주는 듯했다. 달콤하지만 약간은 쌉싸름한 커피 맛이 남아있어 커피 맛 사탕을 먹는 기분이 들기도 했다. 커피, 아니 사탕맛이 아주 좋았다.

수술 후 3주차가 가까워오자 아침과 점심에는 주로 흰쌀밥으로, 저녁에는 흑미밥, 완두콩밥, 차조밥으로 바꿔가며 나왔다. 엄마는 확실히 흰쌀밥보다 잡곡이나 콩이 들어간 밥을 더 좋아했다. 차

조밥이 나오자 저녁을 3분의 2나 먹었다. 심호흡도 50번, 복도 걷기 운동도 25바퀴나 돌았고 체중과 체온도 정상이 되었다. 배액 관에서 물이 160밀리리터 정도 나오고 소변량이 적어 이뇨제를 사용하고 있었지만, 대부분의 컨디션은 많이 돌아왔다. 회진온 담당 교수님이 말했다.

"내일 오전에 퇴원합시다! 퇴원해도 되겠어요."

말이 떨어지기 무섭게 눈물부터 핑 돌았다. 너무 좋았다.

'앗싸, 내일 퇴원이다!'

드디어 퇴원하는 날. 아침부터 우리 모녀는 분주했다. 마주보고 있는 신장 투석 환자분에게 주었던 그림 선물값이라 고마워하며 건낸 카스테라 빵과 우유는 우리가 다 먹기도 힘든 양이라 병실 모두 나누어 먹었고, 3일 전 새 식구로 들어와 담낭 수

저희 엄마랑 말동무도 해주시고 힘나는 이야기도 많이 건네주셔서 감사했습니다. 치료받으시고 쾌차하세요! 🙏

술을 받은 옆 침대 아주머니에게는 보호자가 없는 것이 마음에 걸려 좀 더 챙겼다.

몇 주 동안 엄마를 밤낮으로 돌보고 살펴준 간호사들과 직원들을 위해 쿠키와 스낵을 잔뜩 사다 주며 인사했다.

"그동안 감사했습니다. 별거 아니지만 바빠서 식사 못 하실 때 간식으로 요기하시면 좋을 것 같아서요."

12병동을 담당하는 수간호사도 찾아왔다. 입원 첫날부터 입원 기간에 틈틈이 살피고 챙겨주던 분이라 늘 감사한 마음이었는데 혹시 불편한 것이 있었다면 개선을 위해 쓴소리도 아끼지 말고 적어달라고 해서 더 감동했다. 숨기고 그냥 은근슬쩍 넘어가고 싶은 것이 부족함인데 가감 없이 이야기해 달라고 요청하니 고마웠다. 마지막으로 1203호에서 함께한 같은 방 식구들에게 인사하고 서로의 건강과 평안을 빌며 엄마와 나는 집으로 돌아왔다.

'와, 집이다! 내가 집에 다시 올 수 있다니 정말 감
  사하다.'

아무도 의심하지 않았지만 큰 수술을 마치고 무사
히 퇴원하게 된 것에 엄마는 누구보다 감개무량한
것 같았다. 당연한 소리를 한다고 받아쳤지만 나
또한 집에 있는 엄마를 보니 감격스러웠다. 다시
엄마의 자리를 지켜주는 게 감사하고 감사했다. 돌
아보니 병원에서의 3주 동안 감사한 사람들이 너
무 많았다. 맡은 일이긴 하지만 밤낮으로 엄마를
보살펴준 의료진들과 여러 병원 직원들이 유독 생
각이 났다. 끼니도 거르며 바쁘게 환자들을 돌보느
라 애쓰는 이들과 단조롭고 힘든 병원살이를 돕는
이들까지 마음속에 꽉 차오르게 생각이 났다. 병원
에서 틈틈이 그렸던 고마운 사람들의 장면 장면이
하나로 완성된 그림을 결국 전해주지 못하고 와서
일기에 남겼다. 고마웠다고.

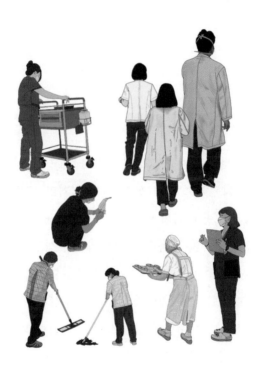

달콤
쌉사름한
일상 속으로

엄마와 3주 가까이 병원 생활을 하고 잘 퇴원했는
데, 퇴원하고 나니 삼시 세끼 먹거리를 준비하는
게 고스란히 나의 일이 되었다. 몸에 좋은 음식, 자
극적이지 않은 음식을 병원에서의 식단을 참고해
열심히 준비했다. 그래도 보양식은 내가 직접 하기
어려우니, 큰 수술 후에는 몸을 보신하는 일이 더
중요하다는 주변의 말들을 새기며 기력 회복에 좋
다는 좋은 먹거리와 음식을 찾아다녔다. 지인이 본
인의 경험상 몸보신에 좋았다며 추천해준 추어탕
도 맛있게 먹었다. 엄마가 점점 기력도 되찾고 얼

른 회복하길 바라면서….

롤러코스터를 타는 날도 있었다. 엄마는 퇴원 이후 하루하루 회복을 향해갔지만 몸이 마음처럼 따라와 주지 않는 탓인지 어느 날은 기력도 있고 기분도 좋았다가 또 어떤 날은 기운이 뚝 떨어지기도 했다. 하루 동안에도 좋았다가 나빴다가를 반복하며 오르락내리락 하기도 했다. 그런 날에는 덩달아 나도 마음이 어려웠다. 어느 날 함께 기도해주는 지인 선생님과 통화하다가 이런 말을 들었다.

"나도 엄마 된 처지에서 엄마가 너무 이해되요. 회복하려는 마음이 몸보다 앞서가고 괜히 딸에게도 미안한 마음이셔서 속상한 마음의 표현이에요. 엄마의 회복이 우선이니 그것만 생각해요, 우리. 그리고 더 많이 이해해드려요."

그런데 나는 '더 많이 이해해드리라'는 그 말이 '더 많이 사랑해드리라'는 말로 들렸다. 떠오르는 아침

해를 맞이하며 엄마와 하는 아침 산책, 따스한 햇볕, 풀냄새, 작은 들꽃, 일상에서 만나는 감사한 순간들이었다. 사실 그 모든 것들이 좋은 것은 엄마와 함께여서다. 맑게 갠 날에도, 부슬부슬 비가 내리는 날에도, 엄마와 함께여서 좋았다. 그리고 엄마를 더 사랑할 수 있는 날이어서 감사했다.

엄마의 간암 수술 이후 건강한 먹거리를 찾는 일도 큰일이 되었다. 항암 효과가 있다는 음식 재료들이 눈에 들어오고, 다행히 평소에 요리를 좋아하는 편이었던 나는 의기양양하게 하나씩 시도를 했다. 그러나 머지않아 몇 가지 메뉴로 식단 돌려막기가 되어버렸다.

　　　　나는 직장에 다닐 때, 아침은 간단히 차나 커피 한 잔으로, 점심은 사 먹거나 도시락을 먹었다. 저녁도 야근하며 밖에서 먹는 일상을 보냈다. 그래서 삼시 세끼가 그렇게 빨리 돌아오는지 몰랐다. 직접 밥을 짓고 갖가지 반찬을 만들어 밥상에 올리고, 거기다 국이나 찌개류 같은 국물류가 하나는 있어야 하지 않을까 하는 나름 식단 구성에 대한 강박관념이 생겼다. 괜찮은 밥상을 차리는 일이 쉽지 않다는 것을 실감하게 된 것이다.

하루는 번뜩 '된장'이 항암에 좋으니까 된장국을 끓여야지 싶었고 냉장고에 있는 청경채까지 생각나니 배추 된장국, 시래기 된장국처럼 청경채 된장국을 끓여보았다. 엄마가 맛있게 드시고 더 건강해지셨으면 좋겠다는 바람을 담아.

⋮

'자란다'와 '잘한다', 교묘하게 발음이 비슷한 이 두 개의 단어는 뜻은 다르지만 두 가지 의미 모두 다 좋다. '자란다'는 성장한다는 의미여서 좋고, '잘한다'는 무언가를 잘했다고 인정받는 의미여서 좋다. 물론 뉘앙스를 다르게 해서 '잘~ 한다'가 되면 기분이 상할 수 있겠으나 그마저도 '그래, 나 잘했지? 나 잘났다" 하면 그만이다.

엄마가 수술한 후 퇴원해서 집에 돌아왔는데 회복한다는 핑계와 코로나로 집에만 있고 심심해 할까봐 걱정되었다. 그런 엄마가 생명이 자라는 모습을 지켜보면 회복하는 데 더 좋을 것 같아서 방울토마토가 몇 개 달린 모종 화분을 주문했었다. 그런데 꽤 자란 방울토마토를 큰 화분에 옮겨 심으면서 옆에 공간이 많이 남길래 빨간 무 씨앗 몇 개를 심은 것이, 촉촉한 비가 내린 어느날 연한 싹을 쑥 올려보냈다. 자랐다. 흙을 뚫고 드디어 올라왔구나. 잘했다!

며칠 후, 방울토마토 옆에 심어놓은 빨간 무에 작고 연한 순이 금세 뾰족하게 올라왔는데 이틀 밤, 세찬 비바람에 그만 쓰러져버렸다. 속상해서 만능 해결사 엄마를 불렀다. 어떻게 해야 하냐고, 뽑아내야 하는 거냐고 물었더니 엄마가 말하기를, 다시 일어선다고 했다. 다시 일어선다니 기대가 됐다. 굵은 비를 맞고 센 바람을 맞아 저렇게 힘없이 쓰러졌는데 다시 일어설 수 있다니, 그 기대만으로도 고마웠다.

'얘들아, 다시 일어서줘. 그리고 엄마도 다시
　일어서자!'

딸이랑 투닥거리고 토라져 말을 붙이는 둥 마는 둥
하던 엄마가 어쩌다 한번 말을 시작하면 래퍼마냥
잔소리가 끝이 없던 날들이었다. 엄마의 수술 후
컨디션을 점검하려고 가족들이 총출동하여 강남에
있는 간 전문 내과에 갔다. 수술은 잘 됐고 이제 간
상태도 정상으로 회복하고 있다고, 엄마도 우리도
듣고 싶었던 이야기를 들었다. 그래도 수술하고 6
개월은 조심하면서 보식도 잘하라며 영양제 좋은
놈으로 하나 맞고 가라 해서 엄마는 뜨듯한 전기매
트 깔린 침대에서 몸을 지지며 꼬박 한 시간 동안
영양가 좋은 낮잠을 잤다. 덕분에 피로가 풀린 엄
마는, 의사 선생님으로부터 '큰 수술한 엄마를 잘
모시고 두루 잘 챙겨드리라'는 엄포를 들어서인지
몸과 마음이 조금씩 회복된 느낌이 들었다. 아직은
몸이 마음대로 따라와 주지 않는다는 걸 의사 선생
님이 알아주고 자식들에게 더 잘 챙겨야 한다고 하

니 이틀간의 답답한 체증이 쑥 내려간 것 같았다. 덕분에 우리는 모두 평안 속에 머물게 되었다.

엄마가 수술한 지 3개월이 되던 날, 수술 후 예후를 살펴보기 위해 여러 가지 검사를 받았다. 대학병원에 가는 날은 엄마와 내가 입장이 바뀐다. 엄마는 온몸이 잔뜩 긴장해서는 검사실이든 진료실이든 내내 발걸음도 조심스럽다. 대기 순서가 밀려 있는 영상의학과 앞에서 손은 만지작만지작, 눈동자를 좌로 우로 기웃거리고 동선은 최소화하며 움츠려 있었다. 순서를 기다리는 엄마가 마치 내 자식 같았다. 나보다 나이 든 '딸 같은 엄마'에게 '자식이 없는 미혼의 딸'이 속으로 말을 건네보았다.

'딸, 긴장하지마. 다 좋을 거야. 다 괜찮을 거야.'

그 후, 여느 날처럼 엄마와 소박한 점심을 해먹고 소화도 시키고 추워서 못 한 아침 운동도 할 겸 보

온병에 커피와 쌍화차를 담아 집을 나섰다. 그런데 갑자기 떨어지는 빗방울. 몇 방울 비 정도는 맞아도 무슨 상관일까 싶지만, 수술 후 아직 회복 중인 엄마는 감기라도 걸리면 큰일이니 바로 철수하기로 했다. 그런데 마실 음료까지 담아 나왔는데 그대로 돌아가기 아쉬워하는 엄마를 위해 집 가까이에 있는 공원을 찾았다. 한두 방울 떨어지는 비를 무시하고 등산 손수건을 깔고 그 위에 우리 모녀의 카페를 차렸다.

커피 한 모금, 쌍화차 한 잔, 입에 머금었는데, 갑자기 빗방울이 굵어졌다. 서둘러 자리를 정리하고 집으로 와서는 이내 아쉬워서 2차로 홈카페를 마련했다. 남은 잔을 커피와 쌍화차로 다시 채우며 오후 세 시, 어린 왕자가 가장 기다렸던 그 시간을 감사하게 보냈다.

은평구로 이사 오기 전에 살던 동네에 갔다가 당연한 듯 동네 고양이 '나비야'를 만나는 날도 있었다. 처음에는 빈집만 덩그러니 있길래 허탕쳤다 싶었

는데 엄마가 "나비야!"하고 부르니 어디선가 거북이처럼 엉금엉금 나왔다. 가져간 간식을 챙겨주는데 영 옛날 실력이 아니었다. 나처럼 소화가 잘 안되는지 한입 먹고 삼킨 후 끊어먹고 다음 입을 먹었다. 나비야에게는 근처 주차된 사다리차가 놀이터였는데 뛰어내리는데 관절도 안 좋은지 한참 망설이다가 내려온다. 쿵 소리를 내며.

"무릎 아프니? 소화도 못 시키네. 나이 들었구나. 너도 늙었구나……."

나비야는 알아들었는지 모르겠고, 엄마의 혼잣말이 내 귀에 와서 콕 박혔다.

아버지는 인생의 희로애락을 전적으로 술에 의존하려고 했다.

기쁠 때도, 즐거울 때도, 화가 나거나 힘들 때도 언제나 술과 함께였다.

이런 술꾼 아버지와 함께하는 우리 가족에게 내려진 고난은

매일을 곱절의 시간으로 천천히 흐르게 했다.

무엇을 더 껴안고 짊어질 여유가 없는 그런 와중에도

사명이라는 것은 주어지는 것인지, 나는 어떤 새로운 날을 그리게 되었다.

어떤 날에는 일본 나고야에서 공부하는 나를,

미국에서 신학과 음악을 공부하는 나를,

성악을 전공하고 무대에 올라 노래하는 나를 그려 보았다.

그리고 나를 통해 다시 일어설 어떤 사람들에 대한 소망을 품었다.

나의 고난과 아픔이 거름처럼 쓰여 누군가의 척박한 대지에 뿌려지고

희망의 싹을 틔울 그런 날에 대한 꿈을 꾸었다.

2장

가을의 품

일하는
엄마

엄마가 어둠을 뚫고 새벽일을 나간 게 십오 년이
다 되었을 때다. 빌딩 청소부. 남들은 피하고, 심지
어 하찮게 여기는 그 일을 엄마는 책임감을 넘어
사명감까지 불태우며 참 열심히 했다.

> "저는 직장에 나와 일하는 동안은 ○○은행을
> 대표하는 한 사람이라고 생각하며 일해요. 그러
> 니 마포 걸레질 하나도 허투루 할 수 없어요."

그런데도 나는 정수기에 물 담아 마시는 납작한 종

이컵이 버려지는 게 아깝다며 메모지로 쓴다는 엄마가 궁상맞다고 궁시렁댔었다. 그런 나에게 아깝지 않으냐고, 보라고, 아주 새것이라고 하며 뜯지도 않은 채 휴지통에 버려진 새 매니큐어를 내미는 엄마에게 더 이상 할 말이 없었다. 같이 마주 앉아 손톱칠을 했다.

20101008

종이컵 메모지 뒷면에 휘갈겨 쓴 숫자들, 묻지도 않고 무심코 지나치려니 이 건물에서 일하기 시작한 첫날이라고 했다.

   "그걸 기억해서 어디다 쓰게? 엄마는 별걸 다
   기록해 놓네."

그렇게 툭 던져놓고도 나도 모르게 손가락을 꼽으며 여기서도 또 몇 년을 일했구나 싶었다. 그러면서 엄마는 칠십 살까지만 일해야지 했다.

자정 넘어 새벽 한 시, 생각 많은 딸내미는 퇴근하고 엄마의 출근 시간은 성큼 다가왔다.

늙느라
아픈
엄마

5년 전, 그때도 엄마가 호되게 아팠다. 엄마가 일하
는 건물의 무거운 철문이 바람에 쾅 하고 닫히면서
그 문에 무릎을 부딪쳤다. 괜찮겠지 싶었는데 정형
외과에서 단순 타박상을 넘어서 인대가 늘어났다
고 했다.

> "당분간은 조심하셔야 합니다. 가급적 움직이
> 지 마시고요."

의사 선생님의 조언대로 해야 했는데 새벽 일찍부터 몸을 움직여야 먹고 살 수 있는 일을 하는 통에 3, 4일 되는 날부터는 거동하기가 더 불편하게 되었다. 그 힘든 일을 십 년 넘게 하면서 단 하루도 쉬지 않았는데 결국은 일을 며칠 쉴 수밖에 없었다. 엄마는 쉬는 동안 정형외과 물리치료와 한의원 침술을 매일 성실하게 받았다. 학교 선생님이나 의사 선생님이나 다 같은 선생님으로 받아들이는 엄마는 어떤 지침이든 머릿속에 꼭꼭 새기고 지켰다. 그래야 다시 일할 수 있으니까. 그렇지만 치료만 받고 충분히 쉬지 못한 채로 그 다음주 업무에 복귀하여 며칠을 일하다, 도저히 안 되겠다 싶었는지 다시 열흘 정도의 휴가를 냈다. 예전 같으면 있을 수 없는 일이었다.

맡은 일에 대해서는 어떤 상황에도 끝까지 책임을 다해야 한다는 게 직장인으로서 평소 엄마의 지론이었다. 그리고 자기가 맡은 일에 대해서는 그 직장을 대표하는 사람처럼 일해야 한다는, 요즘 보기 드물게 남다른 신념을 가지고 있는 엄마의 긴 휴가가 내심 반가웠다. 잘했다며 꼼짝하지 말고 쉬라고 박수쳐줬다. 그런데 백조 딸로 며칠간 종일을 같이 있다 보니, 걸을 때마다 뒤뚱뒤뚱 절뚝거리는 엄마를 보며 덜컥 겁이 났다.

엄마는 강철 로봇인 줄 알았다. 엄마는 로봇처럼 무쇠 팔, 무쇠 다리를 갖고 있어서 아무리 걷고 뛰고 일해도 전혀 지치지 않고 다음 날이면 또 움직일 수 있다는 어리석은 믿음이 있었나 보다.

기억 속 엄마는 항상 에너지 넘치고 그 성량도 대단했다. 유치부 어린아이부터 백발에 쪽 찐 머리를 하신 할머니 권사님까지 다 합쳐도 오십 명 될까 말까 한 작은 장로 교회에서 함께 모여 예배를 드릴 때면 우리 엄마 찬양 소리가 가장 크고 힘차게 교회당에 울렸다.

행여 감기에 걸리더라도 동네 약국에서 약지어 먹고 황도복숭아 통조림을 먹으면 금새 거뜬해지곤 했다. 콧등에 돋보기 안경을 걸쳐 쓴 백도약국 약사 선생님이 도자기 약 그릇에 알약을 쓱쓱

갈아서 한 번 먹을 만큼의 양을 하얀 종이에 툭툭 털어내어 능숙하게 삼각형 고깔 모양으로 접어주었다. 그 마법의 약은 약 효과가 뛰어나서 지어주신 3일치 약을 다 먹기도 전에 항상 엄마는 말끔해졌다.

"내가 늙느라 아픈가 봐."

에어컨도 없던 집에서 냉방병도 아닌데 감기몸살까지 걸려 아침, 저녁으로 가슴이 울리도록 기침을 하는 엄마가 다 쉬어서는 목소리로 늙는 중이라 했다. 말을 듣던 나는 울컥거리는 가슴을 간신히 누르고 더 긴 이야기로 이어지지 않게 서둘러 마무리했다.

"무슨, 엄마가 쉬는 중에도 회사 일에 신경 쓰셔서 그렇지!"

엄마는 올해 예순다섯이다. 엄마 나이 앞에 육이라는 숫자가 붙을 줄은 생각도 못 했다. 물론 내 나이

마흔넷도 상상할 수 없었다. 서른이나 마흔은 몰라
도. 스물을 지나고 서른까지는 한 발 한 발 꼭꼭 세
면서 걸어왔는데 서른이 지나면서는 여전히 내 기
억 속에 정확히 내 나이를 인지하며 밝혔던 때는
서른 언저리였다. 그런데 벌써 마흔 하고도 넷이
다. 남들은 아들, 딸 주렁주렁 맺어서 부모님 배부
르게 해드린다는데 나는 내 몸 하나 건사하기도 버
거울 때가 많은 딸이다. 징그럽게 나이만 먹은 과
년하기가 진작에 넘은 큰딸을 여기까지 데리고 오
느라 엄마는 이렇게 빨리 육십을 넘겼구나 싶으니
마음 한 켠이 쓸쓸해진다.

　　　육십 다섯 개의 나이테 사이사이로 숨겨진
상처와 눈물의 기도, 다시 돌이킨다 해도 이해할
수도 똑같이 따라 그릴 수도 없는 굴곡진 선이 하
나씩 그려질 때마다 엄마는 몹시 아팠던 것 같다.
가벼운 감기라고 생각했던 그때도 자식 셋 입히고
먹이는 일이 바쁘고 급하니 호사스러운 잔병치레
를 할 수 없었던 거다.

고등학교 2학년 때 나는 하루가 다르게 심해지는 아버지의 폭력과 폭언에 극심한 스트레스를 받아 수업 중 쓰러져 중앙대 병원 응급실에 실려 갔던 적이 있었다. 그때도 '엄마는 걱정하는 게 맞으신가? 우리 엄마 맞나?' 하는 잠깐의 서운함이 들 정도로 담담해 보였다. 다음날 예배가 끝나고 모두 돌아갔는지도 모른 채 혼자 남겨진 텅빈 교회당 맨 뒤 장의자에 앉아 죄인처럼 무엇인가 잘못했다고 빌며 나지막이 내 이름을 반복하며 되뇌다가 다시 짐승처럼 울부짖으며 기도하던 엄마의 모습이 왜 이제 생각났는지 모르겠다.

그때도 엄마는 아주 굵은 나이테를 새겼던 것 같다. 막내가 스카웃 제의를 받을 정도로 잘 하던 축구를 그만두었을 때도, 바로 밑의 여동생이 진학보다는 취직을 위해 인문계보다 입학 커트라인이 높은 '취업 명문' 상업고등학교에 진학하게 되었을 때도, 내가 일하다 다쳐서 꼬박 누워만 있던 사십 일 동안 '아무도 모르게 앓아야지' 하면서 밤마다 불에 타는 듯한 통증으로 깁스한 왼쪽 다리를 부여잡고 성경을 읽고 기도하기를 반복하며 긴 밤을 아팠던 때도, 생각 없이 흩뿌려지는 말들을 고스란히 주워 담아 상처받고 절절매다가 끝내 더는 못하겠다고 회사를 나올 때도, 여기저기 이력서를 넣어놓고 두근두근 마음 졸이느라 옴짝달싹 못하고 불합격이라는 원치 않은 결과에 마음마저 얼어붙고 가족들에게 찬 바람을 쉬이 뿌릴 때도, 그때도 엄마는 많이 아팠나 보다. 내가 아프고 우리가 아프면 더 아팠나 보다.

'늙느라 아픈가봐'라고 하는 엄마의 말에 이제 내가 더 아프다. 효도는 고사하고 엄마의 사랑에 감사해 하며 갚는 시늉이라도 할 기회라고 생각하며, 하루 세 번 따뜻한 식사와 잠자리, 행여 지루해할까 가까운 시장이나 동네 마실을 함께 다니며 엄마에게 집중하는 시간을 보냈는데 시간이 지날수록 부족한 느낌이다. 엄마가 피땀 흘리고 진액까지 다 쏟아내며 아껴주고 보듬어주어서 이제 마흔 중반을 향해가는데, 나는 어떻게 따라가 보려고 해도 흉내 낼 수가 없다. 온몸에 새겨진 세월의 주름을 아무리 지워보려고 해도 지워지기는커녕 나무 밑동만 갉아 먹어서 굵고 깊게 패여 새겨진 엄마의 나이테는 더 선명해 보였다.

　　"엄마, 아프지 마……."

이렇게 말하는 것도 엄마가 아픈 것보다 아픈 엄마를 보는 내 마음이 아픈 게 견디기 힘들어서인지도 모르겠다.

엄마의
추수감사절

동네 좁은 골목까지 곳곳에 손수레를 끌며 파지를
줍는 할머니, 하루만 지나도 골목 어귀에 소복하게
쌓이는 쓰레기와 재활용품을 매일 밤 몰래 걷어가
듯 수거해가는 미화원과 재활용 수거업체 직원들,
불편한 몸을 이끌고 쓰레기 주워담을 봉투와 집게
로 담배꽁초 등 빗자루로도 쓸기 어려운 작은 쓰레
기를 쏙쏙 주워 담는 동네 호랑이 할아버지, 매일
핑크색 옷을 입고 만날 사람이 없는데도 온종일 동
네를 돌고 돌다가 재활용 모아놓는 사거리 골목에
누군가 놓아둔 의자에 앉아계시는 할머니, 모두 엄

마가 관심 두는 이웃이다.

내가 어렸을 적, 엄마는 보육원이나 양로원으로 물품 후원을 하고 봉사활동을 다녔다. 그 뿌리는 외가댁의 전통에서부터 시작됐다. 외할아버지와 외할머니 두 분은 다 따뜻한 분이었던 것 같다. 외할아버지는 농사일보다 꽹과리 치고 소리하는 걸 좋아하는 한량 같은 분이었고, 외할머니는 어린 세 딸을 이질과 홍역으로 보낸 후에도 허리를 동여매고 울며 밭일을 나갔다고 한다. 외할아버지는 키도 크고 노래도 잘해서 마을 잔치에 초청 일 순위인 그야말로 훈남이었고, 외할머니는 그 반대로 체구도 왜소하고 사람들 앞에 나서는 성격도 아니었다.

　　　　서로 너무 다른 두 분이 닮은 점이 있었는데 마을 사람들과 더부살이하는 것이 당연하다고 여기는 따뜻한 심성이었다. 윗마을과 아랫마을의 길목에 있던 외갓집은 동네 거렁뱅이(오갈 데 없이 떠돌아다니는 분들을 그렇게 불렀다고 한다.)나 마을 사람들이 먼길을 오갈 때 사용하도록 사랑방 하나를 내주었다고 한다. 당연히 밥도 퍼주고 광에 있던 곶감도 내어주고, 겨울이면 으레 항아리에 담아놓는 팥죽과 동치미 물김치도 나누어 먹었다고 한다. 외갓집에서는 그야말로 동네 사랑방을 열어놓고 누구와도 이웃이 될 수 있도록 한 것이다. 그래서인지 엄마는 주변 사람들을 살피고 도와야 할 일이 있다면 나서서 돕는 것을 어려워하지도 머뭇거리지도 않는다. 자라면서 보고 배운 것이 성인이 된 후에 많은 것을 좌우할 수 있다는 것에 대해 공감하는 부분이다.

엄마와 산책에 나섰다가 바람이 불어 밖에 오래 머물러 있지 못하고 귀가하던 길에 있었던 일이다. 집에서 걸어 5분 거리, 삼거리 골목에 있는 편의점 앞에서 오십 대에서 육십 대 초반 정도로 보이는 한 아저씨가 편의점에서 내놓은 물건 담아놓은 상자를 추려 손수레에 싣고 있는 중이었다. 몇 걸음 떨어져 있는 떡볶이집 아저씨가 테이크아웃한 커피를 비닐봉지에 담아 아저씨에게 건네는 것을 보

게 되었다. 역시 우리 동네에서 제일 맛있는 떡볶
이집은 달라도 다르다며 서둘러 가게로 돌아가는
아저씨 뒷모습을 엄마와 흐뭇하게 바라보며 집으
로 올라갔다.

　　　엄마도 나도 호기심이 많은 편이라 매일
보는 동네 풍경에, 똑같은 가게들인데 뭔가 조금이
라도 달라 보이면 '뭐지? 새로운 현수막을 걸었네,
독특한 스타일의 옷이 들어왔네, 세탁소 아저씨는
손님 기다리느라 티브이 프로그램을 꿰고 살겠다'
라며 5분 거리를 30분으로 늘려 느릿느릿 올라가
는데 알부자 계란집을 지나 집 지으려고 철거해놓
은 너른 공터 옆에서 아까 그 파지 줍는 아저씨를
다시 만났다. 떡볶이집 아저씨가 주신 커피를 그대
로 한 손에 든 채로 손수레에 신문이며 상자를 약
간 엉성하게 포개놓고 오르막길을 걸어가고 있었
다. 바람도 많이 차고, 따뜻한 커피 한 모금 마시고
몸 좀 녹이며 해도 늦는다고 누가 뭐라 하지 않을
텐데 커피 봉지는 아까 받아든 모양 그대로였다.
아저씨 뒷모습을 보고 있자니 그대로 앞질러 걸어

가기 마음이 좀 그랬다. 뒤에서 천천히 오르막길의 경사를 느끼고 천천히 몇 발자국 걷다가 별안간 생각이 났다.

　　"엄마, 쌀!"
　　"쌀? 아, 그래. 쌀이 있지."
　　"그런데 그래도 될까? 혹시 기분 나빠 하시지 않을까? 뭐라고 여쭤보지?"
　　"괜찮아, 공손하게 잘 이야기하면 되지. 싫다 하시면 어쩔 수 없고……."

동생이 교회에서 받아온 성미 쌀이 생각났던 거다. 성도들이 밥을 지을 때마다 일용할 양식에 대한 감사의 마음을 담아 한 숟가락씩 기도하며 십일조처럼 떼서 모아 일주일이나 한 달이 되면 교회에 가져가는 정성스러운 성미 쌀 말이다. 아저씨를 뒤따르며 짧은 대화를 하다가 엄마가 드디어 아저씨에게 말을 건넸다.

"아저씨, 안녕하세요! 저희 집에 좋은 쌀이 들어왔는데, 이웃들과 나눠 먹고 싶어서요. 혹시, 아저씨 댁에도 필요하시면 조금 나눠드려도 될까요? 괜찮으세요?"

엄마는 예의 바르고 공손하게, 그리고 아저씨가 기분 나쁘지 않게 말을 건넸다. 아저씨는 엄마 이야기를 듣자마자 고개를 끄덕이며 좋다고 했다. 당장에 쌀을 들고 있지 않으니 조만간 약속을 잡아서 만나기로 하고 휴대전화 번호를 받았다. 그리고 전달받은 아저씨 휴대전화로 전화를 걸어 내 번호를 알려 드리려고 했는데 하필 내 전화기가 꺼져 있었다. 할 수 없이 아저씨 휴대전화로 문자를 남겨 놓고 연락을 해서 만나기로 했다. 집으로 돌아오는 길에 엄마는 꽤 가파른 오르막길을 가볍게 올랐다. 평소에는 여동생과 내가 번갈아 가며 엉덩이를 밀어 좀 쉽게 오를 수 있게 했던 일명 '엘리베이터'도 필요가 없었다.

엄마는 집에 오자마자 무엇을 더 챙길까 즐거운 고민을 했는데 무슨 일인지 며칠 동안 아저씨 휴대전화로 전화가 연결 되지 않았다. 어쩌나 싶어 우리끼리 별 추측을 다 해보았다. 아마도 전화기는 중요한 일이 있을 때만 켜서 사용하나 보다, 혹시 전화 요금을 못 내서 연결이 안 되는 걸까, 아니면 애초부터 번호를 잘못 받았나 등등. 전해줄 쌀 작은 두 포대와 물 좋은 여수 멸치 한 봉지까지 다 준비해두었는데 전화 연결이 안 되니 그냥 지나가다 우연히라도 보게 되면 그때 전하자며 동네에서 오가는 길에라도 만날 수 있기를 오매불망 기다렸다. 엄마는 다섯 시 반 새벽기도가 끝나면 아침 운동을 다녀오는 길에 괜히 동네를 기웃거리며 아저씨를 찾아보았다. 15분 정도 걸어 동네에서 좀 큰 마트까지 나가 이것저것 장을 보고 배달을 부탁하고 돌아오는 오후 귀갓길에도 '오늘은 만나보지 않을까?' 싶어 두리번거렸다. 그러다 엄마랑 아침 운동 다녀오는 길에 우연히 걸어본 전화에 '여보세요' 하는 소리가 들려왔다. 아저씨였다!

》 엄마, 우리 살길 잘했다

"어머, 아저씨! 안녕하셨어요? 며칠 동안 계속 전화했었는데……. 별일 없으시죠? 지난번에 길에서 만났던 동네 이웃인데요. 쌀 좀 나눠드리고 싶어서요. 기억하세요? 혹시 오늘 시간 되세요?"

'시간 되면 언제, 다음에 다시…….' 하면 또 만날 수 있을지 없을지 장담할 수 없어 연락이 닿은 김에 엄마와 나는 바로 약속을 잡고 만나기로 했다. 마침, 아저씨는 집에서 멀지 않은 곳에 있었다. 찾기 쉽도록 현대아파트 정문 앞에서 만나기로 하고 서둘러 집에 들어가 쌀이며 멸치 봉지를 챙겨 엄마 장보기용 카트에 담아 나왔다. 무거우니 내가 끌고 가려고 했는데 엄마는 내 손을 뿌리치고 본인이 끈다고 했다. 골목 끝을 다 지나가는데 엄마가 갑자기 뒤따르는 나를 휙 돌아보며 저만치 떨어져 있으라 했다.

"저만치 안 보이게 떨어져 있어. 젊은 애가 옆

에 있으면 괜히 아저씨가 불편하실 수도 있어."

무슨 말인지 더 설명하지 않아도 찰떡같이 알아먹은 나는 아저씨와 엄마를 멀찌감치 시야에 담고 거리를 두며 서 있었다. 멀리서도 느껴졌다. 쌀과 멸치의 출처(?)와 좋은 상품이라는 것을 설명하고 더불어 축복하는 말도 덧붙이고 아저씨 손수레에 옮겨 담고 나서야 인사를 하고 오는 엄마의 모습이 바로 옆에 있는 것처럼 생생했다.

　　엄마가 너무 사랑스러웠다. 엄마의 그런 사랑스러움은 본디 타고 난 것이기도 하고 배워서 몸에 밴 것이기도 하다. 나도 타고 난 사랑스러움을 잘 가꾸어서 엄마 나이에도 사랑스럽게 살고 싶다는 생각을 했다.

사명이라
생각했던
그날들

아버지는 인생의 희로애락을 전적으로 술에 의존
하려고 했다. 기쁠 때도, 즐거울 때도, 화가 나거
나 힘들 때도 언제나 술과 함께였다. 이런 술꾼 아
버지와 함께하는 우리 가족에게 내려진 고난은 매
일을 곱절의 시간으로 천천히 흐르게 했다. 무엇을
더 껴안고 짊어질 여유가 없는 그런 와중에도 사
명이라는 것은 주어지는 것인지, 나는 어떤 새로운
날을 그리게 되었다. 어떤 날에는 일본 나고야에서
공부하는 나를, 미국에서 신학과 음악을 공부하는
나를, 성악을 전공하고 무대에 올라 노래하는 나를

그려 보았다. 그리고 나를 통해 다시 일어설 어떤 사람들에 대한 소망을 품었다. 나의 고난과 아픔이 거름처럼 쓰여 누군가의 척박한 대지에 뿌려지고 희망의 싹을 틔울 그런 날에 대한 꿈을 꾸었다. 나만 생각하고 우리 가족만 생각하면 그려지지 않는 날이지만 누군가를 다시 세워 일으키고 웃게 할 그날에 나도 함께 일어서고 웃을 수 있겠지 하는 소망은 그저 헛된 소망이 아니었다.

어떤 꿈은 이루어졌지만, 어떤 꿈은 내려놓게 되었다. 어떤 문은 닫혔지만 또 다른 문이 열렸다. 나는 일본 유학과 음대 진학을 포기하고 뒤늦게 신학과 사회복지를 전공했다. 대학에 입학했을 당시만 해도 사회복지보다는 신학이 내 길이라 생각했었다. 내 처지에 누군가를 돕는 것은 호사스러운 일이라고 생각했고 사회복지는 너무 어려운 길이라고 여겨졌다. 한마디로 하고 싶지 않았다. 아무것도 몰랐던 나는 신학이 사회복지보다 더 끌리고 더 가고 싶은 길이라고 생각했다.

그렇게 학부를 졸업한 후에는 교육전도사로 교회에서 주말 파트타임 사역을 했다. 그리고 주중에는, 낮에는 사회복지사로 밤에는 영어 개인 교사로 일했다. 공부를 시작할 당시만 하더라도 사회복지가 좋은 길이지만 내 길은 아니라고 생각했다. 그렇지만 막연히 언젠가는 가야 할 수도 있는 길이라고 생각하며 복수전공을 했는데 어느덧 나는 사회복지를 업으로 삼게 되었다. 지역아동센터, 복지관과 여러 비영리 NGO 법인을 거치며 많은 사람을 만났다.

내가 고난의 시간을 겪은 것은 더 고통받는 이들의 아픔을 내 것으로 여기며 가슴에 품고 이들의 좀 더 나아진 내일을 위해 일하기 위해서라고 생각했다. 그것이 내 사명이라고 생각했고 신학과 사회복지를 함께 공부했던 이유도 그 때문이라고 확신했다. 남들보다 더 많은 시간을 할애해서 배웠고 밤을 새워서 일했다. 나의 개인적인 일정과 용무는 항상 뒷전으로 미뤘다. 일이 우선이었다. 왜냐하면, 나는 사명자이기 때문이었다.

나는 내게 오는 많은 이들을 일으켜 세우는 사명자였다. 아빠와 오빠에게 성폭력을 당해 울며 내게 오는 여고생과, 쉬쉬하며 덮는 것에만 급급한 무지하고 무책임한 가족들, 가정폭력의 피해를 겪은 후 항상 커터칼을 가지고 다녀야 안심이 되고 누나와 엄마를 지킬 수 있다고 생각했던 남자 중학생, 왕따를 당하면서도 새로운 친구가 다가오는 것은 온 몸을 다해 거부하는 중학생, 주류에서 밀려나 항상 혼자라고 생각했던 경력단절 여성, 스스로 외모를 비하하며 170센티미터의 마른 몸에도 먹고 토하고를 반복하며 하루에도 여러 번 차도로 뛰어들어야 할 것 같은 충동과 우울로 힘들어하는 여고생.

오토바이 절도와 무면허 운전으로 징계를 받고 상담 프로그램에 참여하게 된 중2 남학생, 돈은 없고 인맥도 없지만 골프선수의 꿈은 꾸고 싶은 천진난만한 초등학생 형제, 엄마와 아빠 모두 마약 거래로 교도소에 들어가고 이모에게 맡겨진 어린 아이들, 병든 홀어머니를 모시고 남들처럼만 살기를 바라며 평범한 회사원이 되고 싶어 하는 대학생까지. 수도 없이 많은 이들이 내 사명의 십자가였다. 누구한테 미룰 것이 아닌 내가 짊어져야 할 내 몫이라고 생각하니 힘들다고 그냥 내려놓을 수도, 피곤하다고 저만치 미뤄놓을 수도 없었다. 낮이고 밤이고 주말이고 없이 늘 일에 매여 살았다.

서류작업을 하느라 밤을 새우는 것은 기본이고, 바닥난 컨디션의 몸뚱이를 끌고 크리스마스 이브에도 지방 출장을 가느라 낯선 남의 동네에서 응급실 신세를 지기도 했다. 전국의 청소년들과 오래도록 기억에 남을 신나는 캠프를 만들어보겠다며 2박 3일을 사무실이 있는 빌딩에서 한 발자국도 나가지 못했던 적도 있었고, 2박 3일 캠프가 끝난 후 또 다른 그룹의 청소년들을 응원하느라 30킬로 국토순례길에 겁도 없이 동행하기도 했다. 두 시간 미팅을 하려고 왕복 열 시간을 고속도로에서 보낸 적도 있고, 전라도 그 먼 곳을 옆 동네 가듯 한 달 안에 네 번이나 내려가 찜질방보다 별로 나을 것 없는 허름한 동네 여관에서 그저 몸만 누이고 올 때도 있었다. 그래도 내게 맡겨진 이들을 위해 오늘 해야 하는 일이라고 생각하며 내일로 미루지 않았다. 나의 사명감에는 책임감이라는 다른 이름도 붙여졌다. 숙제 같기도 했다. 애초부터 하지 않아도 되는 숙제라는 것은 없다. 숙제는 하라고 있는 것이니까. 그렇지만 힘겹기도 했다. 하지 않아도 되는 숙제가 없듯 재미있는 숙제도 별로 없는 법이니까. 그 힘든 순간마다 나의 어려웠던 그 시절들을 떠올리며 지나왔다.

　　내게 찾아오는 이들의 고통이 내 것이 되는 순간들은 아프고 힘들었지만 나도 이렇게 잘 지나왔으니 당신들도 잘 넘어갈 수 있을 것이라는 믿음이 디딤돌이 되고 지렛대가 되어주었다. 고통이 오래되어 나무 밑동이 다 드러난 뿌리처럼 적나라한 그들의 삶과, 무던하리 만큼 주어진 것을 겸허히 받아들이는 삶의 태도를 보며, 모든 이들의 삶은 숭고한 것이라고 생각하지 않을 수 없었다. 사명이라 여기며 사람들을 만나고 함께 웃고 함께 울어주며 순간들을 기도로 가슴에 품었던 그때를 다시 돌이켜 본다.

자족

장학생들을 만나는 지방 출장길이었다. 열 평도 안 되는 일직선 구조의 낡은 임대 아파트는 현관을 지나 아들 방, 주방, 화장실, 안방, 베란다가 줄지어 있고 현관에서 안방으로 들어서기까지 다섯 걸음도 채 되지 않았다. 머리 굵고 장성한 아들과 반평생 질병을 벗 삼아 살아온 엄마의 오밀조밀한 이야기를 듣다 보니, 가슴 한구석에 안타까움, 연민, 삶에 대한 존중감 같은 것으로 차올랐다.

까무러칠 만큼 대단한 통증이 아니면 참는 게 보통이고, 산소 호흡기를 달고 잘못되면 어쩌나 하는 심각한 상황에도 단돈 3만원이 없어 더 대단한 인내심으로 견뎌내다가 게으른 태양이 긴 밤을 밀어내면 그때야 투박한 아들 손에 이끌려 외래진료 긴 줄을 기다렸다가 치료를 받고 연명하는 일이 다반사였다고 한다. 밤사이 아무것도 할 수 없었던 아들도 순간순간 위급한 엄마 옆에 목석처럼 앉아 얼마나 큰 무능함으로 가슴 아팠을지 생각만 해도 명치끝이 찌릿했다.

뭐가 제일 힘드냐는 질문에, '하나도 힘들지 않다, 그저 맞춰 살면 되는 것이다. 부족하면 때로 굶을 수 있고 아프지만 참아내면 된다, 먹고 싶은 대로, 입고 싶은 대로, 하고 싶은 대로, 내 욕심대로 살지 않으면 살 수 있다, 살 만하다'고 했다.

도대체 뭐가 살 만하고 뭐가 괜찮다는 건지, 우문에 현답이 아니라 우답이라고 대꾸하고 싶었다. '어머니, 스스로를 좀 더 챙기세요. 돌보세요.'라고 하는 속울음이 올라왔지만, 앙상하게 마른 나무 막대기 같은 작은 체구에서 나지막하게 쏟아놓는 말 앞에서 나는 그저 모자라고 곤고한 사람이 되었다.

무언가 대접하고 싶은 마음에도 마땅히 내놓을 것이 없으니 홍차와 보리차에 이어 맹물까지, 나는 그집에서 물 배 석 잔을 채우며 코스 대접을 받았다. 동남아 어디로 봉사활동을 갔다온 누군가가 선물로 사다 주었다는 홍차는, 그래서 아끼고 아꼈다 귀한 손님에게 처음 개시했다는 그 홍차는

정말 맛이 좋았다. 꿀떡꿀떡 맛나게 마셨다. 그렇게, 함께 걷는 길 위에 있었다.

10분의 영화

10,9,8,7,6,5,4,3,2,1

빨리 도는 시계가 있나 보다. 눈 한번 껌뻑하면 줄어드는 카운트다운 숫자판을 보며, 엄마는 점점 말이 빨라진다.

"예지야, 엄마 보고 싶었어? 예슬이두? 예지랑 예슬이 학교 잘 다니지? 밥은 잘 먹지? 아픈 데는 없고? 감기 걸렸다고? 이제 괜찮아?"

시간이 아쉬운지 대답을 듣기도 전에 이어지는 엄마의 다음 질문에 딸들은 생각나는 대로 대꾸한다. 지금 질문에 아까 할 대답을 하고, 묻지 않은 이야

기로 갑자기 옮겨가기도 하며 구치소 접견 10분 내
내 바쁘다. 아직 어린 두 딸과 푸른 수의를 입은 엄
마가 속사포처럼 쏟아내는 이야기는 무슨 서바이
벌 래퍼들의 빠른 래핑 플로우같아 보이지만 셋은
다 이해하고 알아듣고 있었다.

놀이동산에서 엄마와 놀 듯, 등받이 없는
검은색 동그란 회전 의자 위에 앉아서 두 아이는
뱅그르 뱅그르 의자를 돌리며 논다. 그러다 엄마가
부르는 소리에 대답하고 다시 의자를 한 바퀴 돌리
다 엄마 한 번 부르고 눈이 마주치면 까르르 웃는
다. 접견실은 어느새 놀이동산이 되고 아이들은 빙
그르르 도는 회전목마에 올라타서는 엄마와 눈이
맞으면 손을 흔들며 함박웃음을 짓는다.

"예지야! 엄마 봐, 엄마 좀 봐! 예슬아 재밌어?"

목마가 돌아가며 아이들의 얼굴이 보이지 않을 때
엄마는 뒤돌아보라는 듯, 아이의 이름을 크게 부른
다.

"엄마, 나 감기 걸렸어."

"엄마, (합기도) 흰 띠 땄어."

"엄마, 나 공부 못해. 예슬이는 잘하는데, 난
  못해"

"엄마, 아빠를 만났는데 눈 있는데 뭐가 고여
  있어. 눈물? 모르겠어."

"엄마, 언제 나와? 5년? ······ 엄마랑 여행 갈
  거야. 우리 외국으로 여행 가자!"

"엄마, 잘 있어! 우리 또 올게. 시간 다 됐대.
  나가야 한대. 엄마 먼저 들어가, 편지 쓸게.
  우리 갈게. 들어가. 아직도 안 갔네? 엄마, 사
  랑해. 내가 더 많이 사랑해. 먼저 가. 우리 간
  다. 진짜 간다."

"잘 있어, 잘 지내!"

수십 번을 하고도 모자라서 접견실 문을 붙들고 한
참을 몸을 배배 꼬며 아쉬운 작별인사를 나눈다.
그러다 누가 먼저랄 것도 없이 엄마와 두 딸 아이
가 다시 플라스틱 가림막 앞으로 뛰어가서는 공중

뽀뽀를 해댄다. 끝이 없었으면 했던 아이들과 엄마와 만남, 꿈속 동화는 결국 끝이 났지만, 엄마의 한 발은 동화 속에, 또 한 발은 현실에 나눠 담고 저 안쪽으로 들어가는 문을 차마 닫지 못한 채 반쪽씩 걸쳐 서 있다. 끝까지 웃음을 지키려고 했던 엄마는 끝내 눈물을 보이고 딸 아이들도 눈물을 글썽이며 5년의 긴 이별을 앞에 두고 "또 보자, 다시 온다."고 했다.

꿈 같은 시간을 뒤로하고 둘째 예슬이는 같은 구치소에 있는 엄마, 아빠에게 편지를 쓰겠다고 했다. 서신을 쓸 수 있도록 도와주니 엄마와 아빠 중 엄마가 더 마음에 걸린 모양이다.

"엄마, 울지 말고 있어야 해. 알았지? 나중에 또 볼 건데 많이 울지 말아요."

'그래, 또 오자. 엄마 보러 또 오자!' 수감된 부모님이 보고 싶은 아이들과 동행한 날이었다. 10분간의 기막힌 영화를 눈앞에서 보고 왔다. 이쪽저쪽 해봐

야 서너 평 정도 될까 싶은 작은 접견실 안에서 엄마와 아이들의 만남은 실로 소중하고 감격스러웠다. 누군가는 욕된다고 할지도 모르겠으나 그 작은 접견실이 마치 '거룩한 지성소' 같았다. 부모가 왜 잡혀 왔는지, 무슨 잘못을 저질렀는지, 옷에 붙여진 일련번호가 무엇을 뜻하는지 하나도 중요하지 않았다. 아이들은 그저 '우리 아빠, 우리 엄마'를 만나고 싶었을 뿐이다. 누구에게도 매우 자연스럽고 당연한 일인 것처럼.

접견실에 처음 들어가본 나는 구치소 안에서 접견을 나온 엄마와 짧은 인사를 나눈 뒤, 아이들과의 만남에 방해가 될까 봐 벽에 딱 붙어 기대앉아서는 꼼짝도 하지 않고 있었다. 숨도 죽이고 흐름을 깨지 않으려 애썼다. 아이들은 부모님을 만나는데 어떤 장애물이나 제약을 받아서는 안 된다. 원하면 언제든지 만날 수 있어야 한다.

서로에게 기대 서서

남편을 교도소로 보낸 아내, 아빠를 보낸 딸 셋과 아들 하나, 사실은 이들이 그 험지로 보낸 것도 아니지만 감옥보다 더 차가운 세상 속에 덩그러니 남겨져 있는 가족들에게 교도소, 그곳은 가깝다고 하더라도 절대 가까이 할 수 없는 곳이었다.

엄마와 다 큰 딸내미, 그리고 나까지 셋, 둘러앉으니 코가 서로 닿을 것 같은 좁은 방에 '미움과 분노, 용서'와 같은 단어가 뿌려지니 엄마는 서둘러 문을 닫겠다며 일어났다. 젖혀져 있는 방문 뒤편에 딸내미 속옷이 걸려있는 것도 아랑곳하지 않았다.

여러 차례의 전화통화와 첫 대면에도 당당함과 방어, 경계심이 동시에 느껴지던 어머니는 결국 아이들이 받았을 고통과 상처를 생각하며 갑자기 한없이 무너졌다. 대면 전 아이와의 대화에서 소개받았던 지나치게 솔직하고 당당했던 젊은 엄마는 사실,

남편이 있는 교도소에 가기 위해 아이 넷의 아이
의 손을 잡고 새벽부터 일어나 하룻길도 넘는 낯설
고 깊숙한 시골길을 다녀오던 엄마였다. 교도소가
어떤 곳인지 모르는 막내에게 제대로 설명도 못한
채, 아빠의 수감을 받아들이기 힘들어 하는 큰아이
에게 그래도 아빠의 끈을 놓지 않게 하려고 화상
접견을 신청한 엄마였다. 애써 담담한 척 억눌렀던
분노와 미움을 묻고, 작은 방 안에서 밤새 울며 혼
자 되새기던 마냥 여리고 아픈 엄마였다.

　"다들 힘들잖아요. 마찬가지죠."

담담히 받아들이는 것처럼 말했지만 얼마나 많은
밤, 그 무거운 짐을 내던지고 싶었을까 생각하니
마음이 저렸다. 처음 보는 낯선 이 앞에서 중학생
아이들처럼 투닥거리는 모습도 보여주는 엄마와
딸은 그저 존재만으로도 서로의 지렛대가 되어주
고 있었다.

고맙다. 그냥 그렇게 제 자리에 있어 주어서. 고맙다. 내가 오늘 밤 누군가의 기댈 어깨, 삶의 지지자가 될 수 있어서. 매서운 추위에 칼끝으로 긁어내는 다리 통증이 되살아났지만, 그날은 참을 만했다.

고맙습니다

교도소에 갇힌 아버지를 만나자마자 하얀 두 손에 얼굴을 묻고 한참을 우는 17살 남학생. 얼마만인지, 무슨 사연인지 모르지만 우는 아들을 따라 엄마도 울고 아빠도 안경을 자꾸 콧등 위로 올리며 눈물을 훔쳤다. 경상도 사나이 남편은 무뚝뚝하지만 네 명이나 되는 왁자지껄한 아이들 틈에서 몰래 아내의 머리를 묶어줬다. 처음인 듯 보였다.

키가 껑충한 젊은 아빠는 24개월밖에 되지 않은 어린 아들을 서툴게 안고 어색해하며 달래보지만 낯선 아빠 품이 불편한 아이는 온몸을 비틀며 빽빽 우는 소리를 냈다. 아빠는 화장실에 다녀온 아이 엄마 앞에서 아직 걷지 못하는 아이 손톱에 살짝 긁힌 얼굴을 들이밀며 피가 나는지 봐달라고 했다. '헉, 대박!' 하는 청소년 같은 짧은 대꾸를 하며 서로의 얼굴을 찬찬히 살핀다. 가까이 간다. 아무 일 없다는 듯 다시 고요해진 아이는 아빠와 붕어빵이다. 오늘 저 아빠는 기분 좋은 훈장을 얼굴에 새겼다.

교도소 가족사랑캠프를 마친 후 50대는 족히 돼 보이는 백발의 한 아버지는 모든 활동이 끝나고 설문지에 이렇게 남겼다.

> '5년만에 딸들을 품에 안아보았습니다. 정말
> 고맙습니다.'

나의 첫 열매

현수를 만난 건 현수가 중학교 1학년에 재학 중일

때였다. 복지관에서 청소년 사업을 담당하고 있던 나는 현수 어머니를 현수보다 먼저 만났다. 사업에 참여할 신입 청소년을 모집 중이었는데, 현수 어머니가 모집 공고를 보고 복지관 문을 두드린 것이다. 현수 엄마는 아들을 참여시키고 싶은 마음을 단단한 목소리로 조곤조곤 말했다. 절실하게 느껴졌고, 현수가 어떤 청소년일지 궁금해졌다.

현수를 처음 만났을 때, 아이는 프로그램 참여에 대한 의지가 전혀 보이지 않았다. 오히려 하고 싶지 않은 것 같았다. 그 속을 알 수가 없어서 참여를 시켜야 하나 고민이 되기도 했다. 청소년 사업은 청소년들의 통합적인 성장을 돕는 여러 가지 프로그램으로 알차게 구성되었는데, 매일 학년별 진도에 맞춰 영어와 수학 수업을 하고 일주일에 한 번씩 하는 특별 프로그램으로는 자아 성장, 진로 탐색, 1:1 선배 멘토링 등이 있었다. 한 달에 한 번씩 문화체험 활동, 외식 지원을 하기도 했다. 상담이나 치료가 필요한 학생들에게는 전문 기관을 연계하기도 하고 선한 이웃이 되어주는 동네 소상공인 상점에서 외식할 수 있는 가족 외식권을 지원하기도 했다. 현수의 첫 시간은 학습 프로그램이었는데, 인사를 건네는 친구들이 민망할 만큼 현수는 호의적이지 않은 눈빛으로 냉랭한 기운을 내뿜고, 인사를 하기는커녕 받지도 않았다. 잘 지낼 수 있을까 걱정이 됐었다.

걱정으로 시작한 현수와의 첫 만남은 3년 내내 이어졌다. 단순한 걱정 이상이어서 순간순간이 눈에 밟히는 지극한 관심으로 커졌다. 조카 같고 나이 차이 많이 나는 막내동생 같았다. 그렇게 현수가 내 눈에 차오르게 된 것은 8할이 현수의 어머니 때문이었다. 현수 어머니는 거의 매일같이 내게 전화했다. 어제는 어땠는지, 현수와 이런 일이 있었는데 어떻게 대처하는 게 좋은지 묻고 상의했다.

나는 배워서 아는 대로, 경험한 대로 성심껏 의견을 전했다. 잘 모르는 부분은 자료도 찾아보고 슈퍼 비전도 받으면서 현수와 어머니의 어려움을 해소하기 위해 함께 애썼다. 부단히 애는 썼

지만, 내가 얼마나 도움이 될까 하는 생각도 종종
들었다. 고작 서른밖에 되지 않았고 사회복지사업
의 경험도 미천한 내가 무슨 도움이 된다고 매일
전화하고 의논하려는 걸까 싶었지만, 어머니는 한
결같이 나를 존중했다. 자식을 맡겨놓은 어머니의
믿음과 바람이 얼마나 무겁고 진한 것이길래 이 바
닥에서 몇 년 차밖에 되지 않은 나에게까지 이렇게
기댈 수 있는 것일까 싶었다.

　　"우리 현수가 어제도 온종일 컴퓨터 게임만
　　한 거 같아요. 중독되면 안 되는데……"
　　"어제도 게임 때문에 둘이서 한참 씨름했어
　　요. 선생님, 어떻게 하면 좋을까요?"
　　"그놈의 게임, 우리 현수는 조절이 안 되는 것
　　같아요. 학교도 안 가겠다고 난리에요."

현수에게는 게임이 큰 걸림돌이 되었다. 학교 가
는 것보다 게임하는 것이 좋으니 당연히 학교생활
과 교우 관계도 원만하지 않았고, 엄마와의 갈등도

쉬이 식지 않아 매일 부글댔었다. 인터넷 보안 잠금을 해놓는 것으로는 해결이 되지 않아서, 급기야 엄마가 출근길에 인터넷 선을 뽑아서 가지고 나가는 초강수를 두기도 했지만, 게임에 몰입한 현수에게는 전혀 문제가 되지 않았다. 복지관에 와서도 수업은 듣는 둥 마는 둥 했다. 그래도 다행스러웠던 건 지각을 하더라도 꼬박꼬박 출석하려고 노력했다는 거다.

4년 차가 되던 해, 복지관 운영법인이 다른 법인으로 바뀌면서 소위 물갈이가 되었다. 나 역시 종교색이 다른 법인의 문화 차이, 종교적 행위나 의식의 강요로 3개월을 채 못 견디고 그만두었다. 그렇지만 현수 어머니와의 연락은 계속 이어졌다. 물론 대부분 어머니가 먼저 연락하는 편이었다. 전처럼 자주는 아니었지만 가끔 오가는 연락에서 현수가 점점 철이들고 좋아졌다는 어머니의 증언을 들을 수 있었다. 비영리 생태계에서 은근히 강요되는 개인의 희생, 공익활동의 좋은 뜻을 세운다고 하면서 여전히 보수

적이고 구태의연한 사고와 업무처리 방식에 사회복
지사이자 비영리 활동가로서 어떻게 일해야 하는지
고민하던 나를 격려하고 응원도 했다.

"선생님, 우리 현수가 정말 많이 좋아졌어요.
이 모든 게 다 선생님 덕분이에요. 선생님 안
계셨으면 오늘 같은 날은 생각할 수도 없었
어요."

"선생님, 우리 현수가 대학에도 가고 이제 아
르바이트도 하면서 자기 용돈 벌이도 해요.
선생님, 현수 너무 대견하죠?"

"선생님, 우리 현수가 특전사에 가게 되었어
요. 몸으로 하는 건 자신 있어 하니까 현수에
게 잘 맞는 일인 것 같아요. 현수가 돈 많이
벌어서 엄마 호강시켜 준대요. 저 이제 현수
다 키워놓은 것 같아요."

"선생님, 지금까지 선생님께 받은 게 너무 많
아요. 선생님이 계셔서 우리 현수가 이렇게
잘 자랄 수 있었어요. 정말 감사해요. 선생님

은 제가 살면서 만난 가장 소중한 선물 같아
요. 정말 너무너무 감사해요."

이런 칭찬과 격려를 들어도 될까 싶을 정도로, 내
가 한 것에 비해 너무 과분한 칭찬에 몸 둘 바를 몰
랐다. 퍽퍽한 현장과 구태의연함에 지쳐 활동가로
서 열정이 식고 풀이 죽었을 때마다 현수네 소식은
나를 다시 깨워주던 종소리 같았다. 언 땅을 다독
거리는 따스한 봄볕 같아 감사했다.

드디어 사랑하는 제자, 현수와 세상 맛있는 저녁 식
사를 했다. 특전사 부사관으로 3개월 긴 훈련을 들어
가기 전, 기쁜 소식을 전하며 축하의 밥상을 함께 나
눴다. 제자와 함께하는 식사에 메뉴가 무슨 상관인
가 싶지만, 여름을 앞둔 유월의 어느 저녁인데도 뜨
끈한 샤브샤브 국물이 후루룩 잘도 넘어갔다.

"정말 오늘 같은 날이 오는구나. 너무 자랑스
럽다, 현수야!"

"예전에는 말썽만 부렸는데······."

"무슨, 특전사 합격도 좋지만 뭘 잘해서도 자
랑스러운 거 말고도, 예전 너 처음 만났을 때
부터 지금까지 너의 존재만으로 기쁘고 자랑
스러웠어. 엄마도 그러셨고 선생님도 그래."

닭살이 돋는 멘트를 던졌지만, 집에 가는 길 내내
자꾸 생각이 났다. 언제 내가 아이들이 말썽 피우
고 문제 좀 일으킨다고 아이들이 싫어진 적이 있었
나 돌아보니 생각이 안 난다.

"군인은 제가 한 만큼 얻을 수 있는 것 같아
요. 그래서 좋아요."

왜 직업 군인이 좋은지, 어떤 기대감으로 그 길에 들
어섰는지 이보다 더 확실한 답이 없었다. 땅을 파도
십 원짜리 하나 그저 건질 수 없고, 하물며 배경 없
고 스펙 없으면 노력도 배신하는 시대에 살면서 땀
흘린 만큼 얻을 수 있다고 확신하는 것이 있다는데,

그 길에 박수쳐 주는 것이 당연하지 않은가.

현수야, 네가 내딛는 한 걸음, 한 걸음, 성실한 땀이 배어든 그 길에 오늘의 그 확신만은 잃지 않기를 바래. 늘 응원하고 축복할 거야. 나의 귀한 첫 열매.

엄마가
싸주는
점심 도시락

2013년에 있었던 사고 이후로 나의 식습관은 크게
바뀌게 되었다. 편하게 먹었던 것을 못 먹게 되고
자유롭게 먹던 것을 안 먹게 되었다. 역시 먹지 않
던 음식을 찾아 먹고 가벼운 스트레칭이라도 매일
하려고 노력하게 되었다.

나는 2011년부터 빈곤 아동, 청소년들을 지원하는
비영리 NGO의 법인 청소년 사업지원단에서 일했
다. 전부터 아이들과 청소년들을 좋아했고 바로 직
전에 일했던 종합 복지관에서도 아동 방과후교실과

청소년 통합지원사업을 주된 사업으로 맡았다. 복지관 근무 4년 차에는 운영법인이 바뀌는 위기도 있었지만, 청소년들과 함께 하는 일이라는 게 좋아서 그다음 일터도 청소년들을 위한 자리를 선택하게 되었다. 법인의 청소년 사업지원단에서는 전국 청소년들의 건강한 성장과 지원을 통합적으로 지원하는 청소년 센터, 일명 '1318해피존'을 선정하였고, 내가 일했을 당시는 전국에 34개의 해피존 센터를 지원하고 협력했다. 센터의 건강한 운영을 지원하고 전국 네트워크 사업 운영과 국내외 교류 활동도 함께 하고 있었다. 그곳에서 일하면서 무엇보다 좋았던 것은 현장에 있던 선생님들 때문이었다. 경제적 여건이나 출신 지역, 부모의 학벌 등 소위 가정환경이라고 총칭하는 것과는 관계없이 모든 청소년은 존재 자체로 존중받아야 하고 차별받지 않아야 한다며 더 어떤 조건도 따지지 않고 더 좋은 것을 더 많이 주려고 했던 선생님들의 너른 그루터기가 나는 참 좋았다.

그렇게 청소년 현장과 사무국을 오가며 고군분투

하며 일하던 중, 그러니까 지금으로부터 8년 반 전 나는 꽤 큰 사고를 당하게 되었다. 청소년들이 힘들어하는 과목 중 으뜸은 영어였는데, 한 학기 동안 프로그램에 도전할 당시 자신의 영어 실력보다 향상되면 무조건 소정의 장학금을 지급하는 지원 사업이었고, 마침 1년간의 사업운영을 갈무리해 참여 학생들의 영어 실력 향상을 뽐내는 발표회가 서울 시민청에서 있었다. 전국에서 모인 청소년들과 지도 교사들까지 백여 명이 발표회 리허설에 참여하고 있었다.

그런데 리허설을 지휘하던 내가 그만 무대에서 발을 헛디디고 계단 아래로 떨어지고 말았다. 왼쪽 무릎 아래가 깊게 찢어져 피가 철철 나는데도 학생들이 놀랄까 걱정되어서 누군가 가져다준 구급약 통을 받아 솜으로 대충 지혈을 하고 혼자 붕대로 칭칭 감고 툭툭 털고 일어났다. 그래도 온몸을 진동하듯 올라오는 통증은 어쩔 수 없어 진통제 두 알을 먹고 행사가 끝날 때까지 잘 버텨달라고 부탁하듯 잠재웠다. 그러고 여덟 시간이 지나 행사와 평가회의까지 마친 후에야 혼자 택시를 타고 동네 병원 응급실에 갔다. 지혈하느라 동여매 놓았던 붕대를 풀자마자 피가 엉겨붙어 굳어 있던 얇은 막이 떨어져 나가면서 피가 솟구쳐 오르고 잠시 기절해버렸다. 10센티미터 가까이 상처를 꿰매고 잠깐의 안정을 취한 후에야 퇴원을 했는데 제대로 된 입원실이 없어서였다는 걸 나중에서야 알았다. 나보다 작은 동생 몸에 간신히 몸을 지탱하고서야 10분도 채 안되는 집까지 겨우 걸어갔는데 봉합수술 반응인지 온몸에 오한이 들고 몹시도 추웠다.

사고 이후로 나의 몸은 급격히 상했고 지난 8년간 음식 섭취에도 제한이 많았다. 일단 소화가 안 됐고 입맛도 없었다. 그렇게 먹는 걸 좋아했던 내가 음식 앞에서 주저하고 머뭇거리기는 나 스스로에게도 참 생소한 경험이었다. 그렇게 뚝 떨어진 입맛이었지만 약을 먹기 위해서라도 억지로 먹었던 게 점차 내 몸에 맞는 음식, 건강한 먹거리를 찾는 노력으로 이어졌다. 그저 먹고 살겠다고….

직장생활을 해야 하니 문제는 점심이었다. 그전에는 다 같이 평범한 도시락을 열고 같이 먹거나 사무실 근처 식당에서 누군가 입맛 당기는 식당으로 이끌면 그냥 자석처럼 따라가곤 했었는데, 먹거리가 신경쓰이고 양과 질에 조심하다 보니 그냥 전처럼 편하게 동료들과 섞여 점심 먹기가 불편해졌다. 까탈스러워진 내 식성 때문에 나를 지나치게(?) 배려할 수밖에 없는 동료들에게 나는 너무 미안해지고, 정작 동료들은 원하는 식단대로 점심을 선택하지 못하는 것 같았다.

　"이제 난 도시락 먹을게요."

좀 더 믿을 수 있는 정갈하고 소박한 식단으로 식사하겠다는 다짐이기도 했다. 직장인의 큰 기쁨인 점심 식사를 각자의 희망대로 선택하고 먹을 수 있게 하자는 선언이기도 했다.

새로운 직장으로 자리를 옮긴 후에도 난 혼자 싸

온 도시락으로 점심을 할 때가 훨씬 많았다. 먹기 편하고 속도 편했다. 마음이 편하고 주머니 사정도 편했다. 두루두루 편하고 좋았다. 특히 엄마가 아침부터 서둘러 챙겨주는 점심 도시락이 있는 날에는 왠지 모를 든든함에 출근할 맛이 났다.

* 매실장아찌
매년 여름 소화에 좋다는 매실을 최상급으로 사서 몇 달간 제대로 숙성시킨 매실장아찌를 고추장이나 다른 양념에 무치지 않은 채로 몇 알 꼭 챙겨 넣어준다. 난 매실장아찌를 김치처럼 챙겨 먹는데 아삭거리는 그 맛을 좋아한다.

* 삶은 양배추
양배추 역시 소화에 탁월하다는 소문에 언젠가부터 주식처럼 먹고 있다. 너무 무르지도, 너무 날 것 같지도 않게 적당히 아삭거리는 식감의 삶은 양배추는 한 조각 크게 우물거리면 뭔가 먹는 느낌이 들고 포만감까지 있어 좋다. 처음부터 양배추를 잘

먹었던 건 아니다. 무(無)맛이라고 생각될 정도로 밋밋한 맛에, 잘못 삶아내면 삶은 채소의 비릿한 맛까지 있어 여간해서는 먹기 편한 음식이 아니었다. 그래도 먹다 보니 먹을 만하고 입맛에 들기 시작해서 이제는 장이나 다른 첨가 없이도 잘 먹을 수 있게 되었다.

* 전설의 단호박 카레
가히 전설의 맛이라고 할 만하다. 전설은 우리집에서 유래했다. 일전에 여동생이 대학교 광고 수업에서 광고 카피에 대한 열강을 하시던 교수님 앞에 엄마의 명언을 이야기했다가 열광적인 반응을 이끌어냈던 전설의 카레다.

'이건 카레가 아니야!'

엄마의 카레는 그냥 카레가 아니다. 그야말로 전설의 맛이 난다. 사골국처럼 진하고, 부드럽지만 깊은 맛이다. 어느 해 여름, 그 푹푹 찌는 더위를 업은 채 엄마는 단호박을 쪄서 하나하나 껍질을 벗기고 씨를 발라낸 후 으깨어 반은 식감이 살도록 통째로 넣고, 반은 그 흔한 오뚜기 카레 파우더와 섞어 카레 베이스를 만들었다. 고기는 반드시 기름기 없고 담백한 닭가슴살이어야 한다. 굳이 설명하지 않아도 내가 곡물 소화를 잘 못해 밥을 잘 안 먹게 되니 밥을 대체할 에너지원으로 닭가슴살을 듬뿍 넣은 것이다. 양파, 감자, 당근은 보기 좋고 먹음직스럽게 큼직큼직히 썰어 넣는다. 엄마의 카레는 밥 반 공기에 카레만 먹어도 속이 든든하고 편하다. 여러 가지 영양소가 고루 있어 좋고 맛은 두말할 나위 없다.

먹고
싸고
자고

작년 초 예기치 않은 퇴사로 집콕신세가 되었다.
야근에 철야 근무까지 불사하며 바쁘게 지내던 직
장인으로 사는 생활에 쉼표를 찍고 느슨하고 여유
있는 시간을 보내게 되었다. 퇴사의 쓴맛은 입안
가득 남았으나, 다람쥐 쳇바퀴 돌듯하던 생활에서
해방되어 여유가 생기니 좋다 싶었다. 새벽에 집을
나섰다가 밤늦은 시간이 되어야 집에 돌아왔던 생
활이 정리되니 엄마도 좋아했다. 여유 있게 쉬면서
망가진 몸도 보살피고 좋아하는 글도 쓰고 그림도

그리라 했다. '네, 그러지요.'라고 했다.

엄마는 아흔 넘은 이북 출신의 할아버지와 부인 되는 여든 넘은 할머니, 두 어르신 부부의 말벗도 되어주고 병원도 동행하며 마치 '요양보호사'와 같은 역할을 하며 일했는데, 하루의 반나절을 그렇게 신당동 어르신 댁에 다녀왔다. 일요일과 월요일은 휴일로 하고 주 5일의 괜찮은 아르바이트였다. 그 나머지 시간은 백수가 된 딸과 시간을 보냈다.

새벽에는 그동안 피곤하다는 핑계로 못했던 새벽기도도 함께 하고, 엄마가 집에 돌아오는 시간에는 버스 정류장까지 마중을 나가 집 근처 공원을 함께 걸으며 여유롭게 산책도 즐겼다. 모든 것이 완벽한 것은 아니었지만 오랜만에 즐겨보는 꽤 괜찮은 여유였고, 즐길 만하다고 생각했다. 그러다, 그동안 고된 일의 후유증으로 대찬 허리 통증이 나타났다. 별안간 찾아온 통증 때문에 허리 굽은 할머니처럼 허리가 굽어 앉지도 서지도 눕지도 못하는 어정쩡한 자세로 몇 주를 힘들게 보냈다. 아프고 괴로웠다. 정형외과, 재활의학과, 한의원까지 갈 만한 곳은 다 가보았으나 별다르게 나아지지 않았다. 병원에 다니고 아플 때마다 엄마와 여동생이 살피고 돌봐주었지만, 나는 아파야 할 정해진 몫이 있는 것처럼 있는 대로 다 아프고 나서야 허리를 펼 수 있었다.

퇴사 후의 생활은 코로나 덕분에 단조로웠지만 예순셋의 엄마와 제대로 된 더부살이의 찐한 적응기로 마음속은 좋았다 가라앉았다, 기운이 생겼다 힘들었다를 반복하며 굴곡 있게 요동쳤다. 모르긴 몰라도 엄마도 나와 같았으리라. 다 늙은 딸과 긴 시간을 함께 보내는 하루하루가 좋으면서 좋지 않을 때도 있고, 서로 의지가 되면서 때로 귀찮기도 한 그런 관계였으리라. 엄마는 어느덧 예순넷, 엄마와 스무 살 차이나는 나는 마흔셋이 되고 보니 앞으로 한 살 한 살 차곡차곡 나이 먹을 일만 남았나 싶었다. 어떻게 하면 엄마와 친밀함을 유지하면서 함께 편히 나이 먹고 '나' 자신을 잃지 않을 수 있을

까 하는 고민에서 서랍 속 일기장처럼 찔끔찔끔 쓰다 만 글쓰기도 다시 시작했다. 예순셋 젊은 엄마와 다 늙은 딸의 달콤쌉싸름한 더부살이가 시작되었다.

> "야, 나라고 다 늙은 딸이랑 같이 사는 게 좋은 줄 아냐?
> "엄마는 안 좋아? 난 좋은데. 헤헤."

사람들은 그렇게 이야기한다. '먹고, 싸고, 자는 것'은 너무 중요하다고. 모르지 않지만 나름 바쁘게 지낸다고 할 때는 '바쁨'에 취해서 먹고, 싸고, 자는 것을 너무 소홀히 했다. 누가 물어보면 중요하다고는 대답했겠지만 그렇게 진지하게 그 세 가지를 화두에 올리는 사람도 없었고 별로 실감 나지 않기도 했다. '일'을 할 때는 누구보다도 일에 매여 있고, 일에 나를 꿰맞추는 아주 안 좋은 습관이 들기도 했다. 조직의 미션과 과업, 상사, 상황과 환경, 일에 대한 몰두와 꼴 난 책임감 등이 '일 중심의 나'를 만드는 데 협력했을 것이다. 먹고 싸고 자는 것은 오히려 바쁠 때 더 중요성이 드러나야 할 텐데, 아이러니하게도 일을 쉴 때가 돼서야 더 실감하게 되었다. 충분히 먹고 싸고 잘 수 있는 시간과 여유가 생겼음에도 불구하고 그 세 가지가 잘 누려지지 않았다. 가장 기본적이고 중요한 '먹고 싸고 자고'를 할 컨디션과 에너지가 뒷받침되지 않았다. 잘 먹고 소화할 수 없었고 그러다 보니 싸기도 어렵고 스트레스 때문인지 한동안은 자는 것도 편하지 않았다.

"잘 먹고, 잘 쉬어야 해."

마치 어린아이가 된 것 같았다. 엄마는 기회가 생길 때마다 먹고 싸고 자는 것에 관해 이야기했고, 다 아는 것을 왜 잔소리처럼 이야기할까 싶어 흘려듣다가도 결국 나 좋은 이야기에 순복했다.

"그래야죠. 근데 지금도 잘 먹고 있는데

뭐……."

헐거운 대답만큼 엄마가 성에 차지 않는 것은 딸이
매일 밤 몰래 마시고 냉장고 옆 벽 사이 틈으로 새
것처럼 살짝 세워놓은 드링크 소화제 병이 쌓이고
있기 때문이었다. 밥은 못 먹어도 가루나 알, 액상
형태로 다양하게 갖춰놓은 소화제는 하루에 한 번
이상은 꼬박 챙겨 먹어야 하는 늙은 딸이 엄마에게
늘 한숨거리다.

　　"아이고, 맨날 소화제만 달고 살아서 어쩌냐.
　　옛날 같으면 고물 짝 위장, 무덤가에 가서라
　　도 바꿔 오라고 했을 거야."

드링크 소화제 한 상자를 사면 일주일 새 뚝딱 새 병
과 헌 병을 고대로 바꿔놓는 신공을 부리는 딸의 어
이없는 소화력에 엄마는 혀를 내둘곤 했다. 그렇지
만 며칠에 한 번은 약국에 들러 한 상자, 두 상자 무
겁게 소화제를 사 오는 건 결국 엄마였다. 어쩌면 그

거라도 먹어서 다행이라고 생각했는지 모른다.

나이를 먹다 먹다, 이제는 마흔을 훌쩍 넘겨버린 늙은 딸은 예순셋의 젊은 엄마에게 아직도 빌붙고 있다. 빌붙고 있을 뿐 아니라 극진한 돌봄을 받고 있다. 나는 첫째인 데다 어릴 적부터 부모님이 바빠서 내 앞가림은 내가 알아서 해야 하는 입장이었고 학교나 집에서 모범생이고 책임감 있는 첫째 노릇까지 꽤 잘했다. 두 동생보다는 뭐든 내가 알아서 하는 편이었는데 어린 시절에도 받아보지 못한 보살핌을 마흔이 넘어 받고 있으니 감개무량이다. 그런데 뭐든 알아서 책임감 있게 잘하던 모범생 같은 나도 많이 변했나 보다. '엄마 힘들게 하지 말아야지' 보다는 '엄마가 보살펴주니 좋다' 가 더 커졌으니 말이다. 시간이 지나 이런 시간이 없을지도 모른다는 생각이 문득 들면 지금을 잘 누리고 싶어진다.

'잘 먹고, 잘 자고, 잘 싸야지!'

그저
걸을 뿐

모두 다 꿈꿀 만한 한 달의 휴가, 안식월을 앞두고
난 제대로 우울했다. 컨디션이 안 좋아 3월쯤 휴가
를 가려고 미뤘지만, 코로나가 길어지면서 다들 사
회적 거리 두기와 생활방역을 계속하고 있는 판국
이라 안식월을 받았다고 별 수 없었다. 휴가라고
마음 놓고 여기저기 다닐 수도 없고 오랜만에 사람
들과 만나며 밥 한 끼, 차 한잔 하자고 청하기도 어
려운 시기였다. 그렇지만, '대망의 안식월'인데 코
로나 확진자나 의심 환자가 된 것처럼 집콕하며 두
문불출하기는 생각만 해도 우울했다.

그러나 5월에 예정이었던 프로젝트가 4월로 앞당
겨지면서 우선 프로젝트가 잘 마쳐지기를 기다리
며 또 한 번 휴가를 미뤘다. 코로나가 빨리 끝나길
바라는 마음은 나를 위한 것도 있었다.

산티아고 순례자의 길에 가고 싶었다. 한 달 꼬박
은 어려울지라도 보름이나 이십일 정도는 오롯이
걷고만 싶었다. 이름도 멋진 순례자의 길에서….
내 나이 마흔 줄에는 순례자의 길에 서고 싶었다.
지나온 길들을 돌아보고 다시 또 걸어가야 할 길에
서 그렇게 나를 마주하고 싶었다.
　　　작년 이맘때쯤, 산티아고에 부부동반으로
다녀온 오십 대 여성을 만나서 이러쿵저러쿵 궁금
한 여러 가지를 물어보며 순례자의 길 도보여행에
대한 의욕을 더욱 불태웠다.
　　　난 정말 산티아고에 갈 수 있다고 생각했
다. 코로나가 시작되고 장기화되면서 그 확신은 산
산조각이 났지만 정말 걷고 싶은 마음은 굴뚝같았
다. 그래서 동네의 짧은 산책길이라도 걷고, 서울

과 경기도 작은 산과 둘레길이라도 걸어볼 심산이었다. 많이 걸으면서 쓰잘머리 없는 상념, 잡념은 다 떨쳐버리고 비워내야겠다고 생각했다.

나는 왜 걷고 싶었을까? 그나마 잘하는 게 걷는 것이니까. 어렸을 적부터 몸으로 하는 그 무엇도 잘한다고 칭찬받거나 나 스스로 인정해본 적이 거의 없었다. 아, 맞다. 고등학생 시절에 체육 시간에 배구공을 손목 위로 튕기는 배구 토스 실기시험이 있었는데 떨어뜨리지 않고 안정적으로 200개까지 해서 A 플러스를 받았다. 내가 최고 점수를 받을 수 있는 구간의 횟수를 훌쩍 넘기니까 선생님은 어디까지 할 수 있나 지켜보다가 그만하자며 아주 만족한 얼굴로 박수치며 마무리했다. 더 할 수 있었는데, 순전히 선생님이 그만하자고 해서 내 기록은 200개로 마무리되었다. 몸으로 하는 활동이나 시험이나 그 무엇이든 가장 좋은 반응과 기록은 바로 그때뿐이다.

초등학교에 다닐 때였다. 공부로는 성적이 좋았고 학교생활에도 열심이었던 나는 학교에서 꽤 알아 주는 자타가 공인하는 모범생이었다. 친구들과 선생님들에게 인정받고 칭찬받으니 학교생활은 재밌었다. 당시에 같은 초등학교에 여동생이 함께 다니고 있었는데, 동생은 운동회에서 열심히, 그러나 꼴찌로 달리던 나를 친구들이 콕 집어 지목하더란다. 그러나 "저 맨 뒤에 있는 언니, 너희 언니 아니야?"라고 물을 때마다 동생은 차마 언니라고 말하기 창피해서 부인했다고 한다.

"잘 안 보이네, 아닌 것 같은데……, 아니야!"

그 이야기를 한참 지나 다 자란 후에 들었는데 처음에는 빵 터져서 호탕하게 웃었다. 그리고 물었다.

"왜 언니를 언니라고 못했니? 니가 홍길동도 아니고……."

"미안, 언니가 생각보다 너무 못 달리더라
고……."

어릴적 웃픈 이야기를 뒤로 한 채 나는 몸치, 운동
치로 자랐다. 그러다 고등학교 체육 시간에 배구
시험에서 거둔 예상 못한 쾌거가 잠시 우쭐할 기회
를 줬다. 그러나 그건 방과 후에 매일같이 열심히
연습했던 탓이었고 균형이 잘 잡혔던 탓도 있었다.
체력이나 민첩성을 필요로 하는 것이 아니었다. 그
냥 그뿐이었다.

　　　어릴적 여자아이들이 많이 했던 고무줄놀
이는 재밌어 보였지만 참여할 기회가 별로 없었다.
무릎 정도 높이에서는 고무줄을 잘 넘었지만 딱 거
기까지였다. 고무줄 선이 허리 높이 이상으로 올라
가고 가슴이나 어깨너머 머리 위로 올라가게 되면
제자리 점프해서 한쪽 다리를 번쩍 들어 올려 고무
줄을 종아리에 잘 휘감아 걸고 마치 곡예를 하듯
유연하게 뛰어넘어야 하는데, 그게 안 됐다. 마의
구간이라고 할까, 운이 좋아 허리까지는 어떻게 넘

어가더라도 가슴부터는 꼭 걸리게 되니, 나와 같은 편을 먹고 게임을 하겠다고 선뜻 나서는 친구들이 많지 않았다. 눈치가 백단인 나는 일찌감치 포기하고 고무줄 양쪽 끝을 잡고 술래 비슷한 역할을 자청했었다. 그게 속 편했다. 그렇게 난 몸이 둔했다.

⋮

아직 더위가 가시지 않았던 늦은 여름, 그리고 가을 바람이 드문드문 불어오던 두 계절의 사이에 있을 때 나는 난생처음으로 홀로 여행을 갔다. 나는 서른이 훌쩍 넘도록 그 흔하다는 유럽 배낭여행은 커녕 국내 여행도 혼자 간 적이 없었다. 지나치게 열정적으로 일만 하다가 몸과 마음이 만신창이가 되어 퇴사한 나는 무작정 비행기 표를 끊고 제주로 갔다. 여행이 고파서기도 했고, 누군가를 돌보는 일에만 익숙했던 나에게 나 자신을 돌볼 기회를 주고 싶었다.

무작정 떠났던 제주에서 나는 별로 할 게 없었다. 그 나이 먹도록 운전도 할 줄 몰라, 차 없이 다니기 어렵다는 제주에서 동에 번쩍, 서에 번쩍하는 관광지 탐방은 사치였다. 그저 튼튼한 두 다리를 믿고 네다섯 시간쯤 걷다가 둘레길 10코스 끝. 모슬포항에 도착해서는 롯데리아 콘 아이스크림을 하나 먹으며 포구 한쪽에 앉아 멍 때리다가 다시 버스를 타고 돌아오는 일정이 난생처음 해본 홀로 여행의 시작이었다. 걷는 것 말고는 별다른 게 없는데도 그 여행이 가장 많은 기억에 남는다.

녹차 밭 사이를 걷고
돌담 사이를 걷고
뜨거운 아스팔트 위를 걷고
금모래 해변을 걷고

걷는 것밖에는 정말 한 게 없었다. 그런데 즐거웠고 재미도 있었다. 내 기억 속 2015년 제주여행은 재밌고 알찬 시간이었다. 참을성이 있는 편이어서 그런지 내가 꽤 잘 걷는다는 것을 발견한 여행이기도 했다.

'나도 몸으로 하는 것 중에 잘하는 게 있구나.'

그래서 겁도 없이 순례자의 길을 걷겠다고 큰 포부
를 가졌는지도 모르겠다. 나도 잘 해보고 싶었다.
그동안 잘했다고, 지금도 잘하고 있다고 나 스스로
에게 증명해 보이고 싶었을지 모르겠다. 그래서 걷
고 싶었다. 몸이 둔한 내가 가장 잘하는 것이었으
니까.

외로움과
마주해야 할
어떤 날들에 대하여

얼마 전, 반가운 연락을 받았다. 그녀와 나는 같은
직장 출신이었는데, 같은 시기에 일해본 적이 없었
다. 우연히 같은 교회 소그룹 모임에서 만난 게 시
작이 되어 조금씩 천천히 가까워지는 관계가 되어
가고 있었다. 연말과 연초 할 것 없이 야근을 밥 먹
듯 하는 바쁜 일상을 살면서 안 되겠다 싶어서 꽃
꽂이 수업을 듣게 되었다는 그녀는 괜찮은 꽃다발
을 만들게 되어 우리 엄마에게 선물하고 싶다며 연
락을 해왔다. 반갑고 고마운 마음에 바로 약속을
잡았다. 꽃 선물을 들고 집 근처까지 오겠다는데,

거기다 오랜만에 수당도 받았다며 커피도 사겠다고 했다. 두루두루 고마운 마음에 이래도 되나 싶었지만, 고마울 때는 그저 고마운 마음 그대로 받아 누리기도 해야지 싶어 '고맙다, 그러자'고 했다.

당일 엄마와 아침 일찍부터 쿠키를 구웠다. 오트밀과 초콜릿 칩을 잔뜩 넣어 식감도 달콤함도 가득한 손바닥만한 쿠키를 넉넉히 구워 쿠키 상자를 만들어 나갔다. 집 근처 앤티크 풍의 카페에는 이미 연휴를 앞둔 사람들의 여유 가득한 재잘거림으로 가득 차 있었다. 만나자마자 우리는 바로 직전에 만났던 때가 언제인지를 손꼽아 회상하며 1년이 다 되어 다시 만났다며 반가운 인사를 나누었다. 따뜻한 커피와 아인슈페너를 각자 손에 들고 함께 주문한 브라우니 작은 조각을 가운데 두고는, 빡빡해서 좀처럼 여유가 나지 않는 직장생활 이야기며 일상 이야기를 나눴다. 회사생활을 접은 지 1년이 다 되어가는 나는 직장 이야기에는 별로 할 이야기가 없었지만, 한참을 끄덕거리며 듣다가 양념을 치듯 한 마디씩 예전 내 경험을 곁들이며 장

단을 맞췄다. 그러다가 어떤 이야기 하나에 집중이
되었다.

"상담하는 지인이 저에게 40의 나, 50의 나, 60
의 나, 70의 나를 생각해보며 살아야 한다고
하더라고요. 한 번도 제대로 생각해본 적 없었
지만, 미래 어느 시점의 나를 생각해 본다고
그게 어떤 의미가 되는지도 잘 모르겠어요. 그
런데 갑자기 결혼한 친구를 보며 외로움에 대
해 생각하게 되었어요."

그저 미래에 대한 상상과 바람일 뿐인데 그것이 지
금의 현실에 비추어 무슨 의미인지 잘 모르겠다는
그녀는 외로움이라는 단어를 함께 쓰고 있었다. 이
미 40과 50, 60과 70의 외로움의 무게를 어림짐작
으로 측량하는 것 같았다. 결혼하지 않은 비혼 상
태의 여자가 일에만 매여있다가 홀로 있을 때, 잠
든 밤에 몰래 닥친 도둑처럼 어느 순간 닥쳐오는
외로움을 예상하고 싶지도 않은 것 같았다. 그 말

을 듣는 나 역시 비슷한 처지여서인지 그냥 흘려
들을 수 없었다. 사실 외로움은 항상 우리와 함께
하는 것이지만, 어느 순간 밀물처럼 밀려 들어오는
순간이 있다. 어찌하다 보면 다시 썰물처럼 밀려
나가 언제 그랬냐는 듯 외로움의 바다도 이내 마른
바닥을 드러내는 것이고, 그것도 저마다의 주기가
있을 뿐이다. 흔한 유행가 가사 한자락에 밀려왔다
가, 친구와 따뜻한 차 한잔에 밀려 나가기도 하고,
수다 삼매경 후 갑작스럽게 쫓아오기도 했다가 엄
마가 끓여주는 된장국 한 그릇에 속이 뜨끈해지면
저만치 물러나기도 하는 것이다. 외로움은 그런 것
이다. 언제 오는지, 어떻게 가는지 알 수 없다. 그
저 느끼거나 느끼지 못한 순간이 있을 뿐이다.

여러 사람과 북적거리며 이따금 여행도 하며 지낼
때도, 매일 일에 쫓겨 하루 24시간이 부족할 정도
로 바빴을 때도, 엄마와 비슷한 일상을 지내는 요
즘에도, 가고 싶은 데는 많지만 감염이 무서워 두
문불출하는 코시국에도 외로움은 늘 있었다. 유독

나만 겪는 외로움이 아니고, 그렇다고 나만 피할 수 있는 것도 아니다.

언제고 외로움에 마주해야 할 어떤 날들이 있다는 것을 알고 있다. 결혼했는지 아닌지와 상관없는 것이다. 평생을 함께하겠다고 약속한 사람과 손을 마주 잡은 순간에도 외로움은 찾아올 수 있고, 오히려 홀로 있는 순간에 꽉 차 있는 충만함을 경험할 수도 있는 것이다. 외로움은 물리적으로 혼자일 때와 아닐 때를 따라오는 것이 아니다. 숨을 쉬고 살아있는 동안에는 언제라도 찾아올 수 있으니 도적같이 예상 없이 오거나, 친구처럼 다정하게 말을 걸든지 간에 그저 편하게 맞아들이면 될 것이다. 때로는 버거울 만큼 힘들 수도, 때로는 만만히 상대할 수도, 때로는 물 흐르듯 자연스럽게 흘려보낼 때도 있지 않겠는가.

잔소리의
미학

미학이라고 했지만 나는 미학을 제대로 배워본 적이 없고, 엄마의 잔소리에 미학이라는 단어를 붙이기에는 다소 어색한 것도 사실이다. 그래도 어쩐지 잔소리가 아예 없다고 하면 서운하고 지나치게 많다면 힘든 것이기에 본질적으로 그 존재가 가지고 있는 의미와 가치가 있지 않을까 하여 '잔소리의 미학'이라고 이름 붙이고 엄마의 잔소리를 되돌아보았다.

잔소리는 어른이나 윗사람이 나이 어린 사람에게

하는 나무람이나 타이름 같은 것이다. 네이버 국어
사전에는 이렇게 설명되어 있었다.

<잔소리>
1. 쓸데없이 자질구레한 말을 늘어놓음. 또는 그 말.
2. 필요 이상으로 듣기 싫게 꾸짖거나 참견함. 또는
   그런 말.

나무위키에서는 잔소리를 더 자세하고 깊이 있게
설명하고 있다. 그중 일부를 옮겨본다.

> 잔소리의 범위는 사람마다 제각각이다. 하는
> 사람의 입장에서도 듣는 사람의 입장에서도
> 자기가 하고자 하는 일에 조금만 태클을 걸어
> 도 잔소리로 인식하는 때도 있는가 하면, 누가
> 봐도 잔소리이지만 그냥 수긍하고 넘어가는
> 사람도 있는 등 그 기준이 천차만별이다. (중
> 략) 일단 공통적으로는 '듣고 있는 사람'이 '듣
> 기 싫어하는 소리'지만 이게 사람마다, 상황마

다 입장의 차이가 너무 다양하다 보니 '듣기 싫어하는 소리'란 것에 대해 이렇다 할 기준이 없어서 가치관이 충돌하기 때문에 발생하는 문제이다. (중략) 아무리 유익한 잔소리라고 해도 결국엔 한 번 행동으로 보여주는 것만 못하다는 사실은 절대 변함이 없다. 잔소리가 아니라 훈계라고 해도 도와주는 것 없이 자기가 하고 싶은 말만 일방적으로 툭툭 던지고 끝난다면 좋은 훈계라고 보기 어렵다.

구구절절 맞는 말이고 공감이 되었다. 어떤 사람(들)이 그렇게 맞는 말만 적어놓았는지 나도 한마디 보태고 싶을 정도였다. 사전을 뒤적거리며 잔소리에 대한 사람들의 생각을 읽다 보니 잔소리는 나만 괴로운 게 아니었구나 싶었다. 그래도 잔소리에 미학이라고 붙인 건 잔소리가 어느 정도 필수 불가결한 것이라고 생각해서였다. 이를테면 '단정하게 입어라', '일찍 일어나서 아침밥 챙겨 먹어라' 등 주로 엄마가 자녀에게 하는 잔소리는 그야말로 애정이 있으므로 하는 말이기 때문이다. 물론 '단정하게'의 기준이 각자 다르고, 단정하게 보다는 자기 멋에 따라 입고 싶은 것이 자녀의 마음이기도 하지만, 엄마 기준에서의 '단정하게'는 엄마를 포함한 다른 사람 누구라도 보기에 깔끔하고 어여쁜 모습이라고 여기기 때문이니 '단정하게 입어라'는 애정 없이는 결코 할 수 없는 잔소리다. 우리 엄마는 한 번에 여러 가지 미션을 주는 잔소리를 하는 신공이 있는데 자연스럽게 레퍼토리가 되었다.

> "일찍 일어나서 아침밥 좀 챙겨 먹어라. 어?
> 일찍 일어나야 몸도 개운하고 머리도 깨워서
> 하루를 잘 시작하지. 그래야 밥도 먹지. 아침
> 밥이 얼마나 중요한지 알아? 듣고 있어? 아침
> 밥을 잘 챙겨 먹어야 하루 시작하는 힘도 얻
> 고 머리도 깨우지. 5분만, 10분만 하다가 늦
> 게 일어나서 대충 하고 아침도 못 먹고 나가
> 면 쌀쌀한 아침 공기에 얼마나 몸이 추워. 일
> 은 또 잘 되겠냐고, 어? 그니까 일찍 일어나

서 아침밥 챙겨 먹고 나가라는 거야."

대충 기억나는 것만 적어도 이 정도니 단순하게 일
찍 일어나고 아침밥 먹으라고 하는 것만이 아니다.
'일찍 일어나지 않으면, 아침 못 먹으면…….' 이라
는 'if not'의 부정적인 가정법이 붙는다는 게 함정
이다. 부드럽게 시작한 것 같지만 어김없이 일장
연설을 하는 엄마의 잔소리 폭격 앞에 출근하기도
전에 쓰러져 장렬히 전사할 것 같았다. 그것이 바
로 '엄마의 잔소리'다. 단순한 적이 없고 짧게 끝난
적이 없다. 애정이 있지만, 항상 길어지고, 내용과
상관없이 강도가 지나치게 세진다는 것이 잔소리
미학의 쓴맛이다.

"그래서? 잔소리하지 말라고? 그래도 잔소리
들을 때가 좋은 때인 줄 알아."

잔소리의 맛은 잊을 만하면 또 올라온다. 반복하여
들으니 익숙할 법도 하지만 듣는 입장에서는 때에

따라 목구멍에 콱 막힐 때도 있다. 그날이 그랬다. 아침에 들은 엄마의 잔소리는 온종일 쳇기처럼 남아서 밤을 넘겼다. 사실 엄마의 잔소리는 언제나처럼 별거 아닌 것에서부터 시작한다. 내가 보기에는 별거 아니더라도 말하는 엄마로서는 중요하다고 여기는 것들이겠지만.

엄마가 8월에 암 수술을 한 후에는 세 끼 식사 준비를 거의 내가 하고 있었다. 8월이 지나고 가을의 대부분 날이 그랬다. 잔소리 대전이 있는 날도 여느 날과 같이 식사 준비를 했다. 그날은 식구들 다 같이 쉬는 모처럼 만의 월요일 휴일이니 아침은 별식으로 먹자고 전날 저녁부터 동생에게 이야기해 놓았다. 얘기인즉, 휴일이니 좀 천천히 일어나서 브런치 분위기 내보자고 말이다. 엄마가 좋아하는 얇게 부친 팬케이크와 삶은 달걀에, 딸들이 좋아하는 삶아 데친 통통한 소시지, 그리고 몸에 좋은 채소와 그릭 요거트에 막 갈아 뜨겁게 내린 커피까지 곁들이면 꽤 괜찮은 아침 밥상이라고 생각했다. 가족들이 맛있게 먹을 즐거운 상상을 한 나는 아침에 일어나서 고양이 세수만 대충하고 나름 그럴싸해 보이는 아침 밥상을 차렸고 조금 늦은 아침을 브런치 삼아 맛있게 먹었다. 식사를 마치고 두런두런 이야기를 나누고 있는데 갑자기 엄마가 설거지를 하겠다고 했다. 괜찮다며 내가 하겠다고 했지만 '오늘 아침은 내가 설거지한다' 하며 호기롭게 밥상을 물리는 엄마 덕분에 동생의 회사 이야기를 마져 이어가며 식탁을 닦고 남은 음식은 냉장고에 넣으며 정리를 함께 도왔다. 여기까지는 참 좋았는데 문제는 그 다음이었다. 설거지를 마친 엄마가 갑자기 호통을 치는 게 아닌가.

"아니, 우리 집이 식당이야? 아침밥 한 끼 먹는데 접시며 그릇을 몇 개나 꺼내 놓는 거야? 집에 있는 그릇을 죄다 꺼내놓고 늘어놔야 밥 먹는 거야? 이사 오면서 정리하며 지내자고 하더니 이건 더 늘어놓고……. 도대체 정리가 안 돼서 말이야!"

갑자기 이게 무슨 폭격인가 싶었다. 갑작스런 잔소리에 얼떨떨해졌을 정도였다. 아침을 먹고 설거지하고 건조대에 그릇을 올려놓다 보니 아침 식사에 사용한 그릇이 과하게 많다고 생각한 모양이었다. 식사할 때도 아무 말 없이 기분 좋게 잘 먹었고, 큰딸이 수고했으니 설거지는 내가 하겠다 해놓고 그제야 참았던 것을 터뜨리듯 말하는데 잔소리도 그런 잔소리가 없었다. 질문을 내리 세 개나 던졌지만 대답하라는 질문은 아니었다. 나도 알고 있었다.

　　'접시 몇 개 더 쓴 게 도대체 뭐가 문제지?'

아무리 생각해도 이해가 되지 않았다. 엄마의 쏘아붙임에 나도 뾰로통해져서 곧바로 반격했다. 질문에는 질문이지.

　　"한 사람에 접시 하나씩 썼을 뿐인데, 뭐가 문제예요?"

"쓸데없이 이것저것 펼쳐 내놓고 수저도 세트
라고 사서 받침대에 올려놓고 참 번거로워
죽겠네. 뭐 정리를 해야지. 몇 사람 살지도 않
는데 말이야. 이것저것 꺼내서는, 참 거추장
스러워서……."

갑자기 엄마는 몇 달 전에 산 받침대 있는 수저 세
트 타령을 붙였다. 먹는 메뉴에 따라 접시를 사용
하기도 하고, 밥그릇과 거기에 맞는 작은 반찬 그
릇을 사용하기도 했고, 수저 세트는 엄마의 요청으
로 식구들 각자 쓸 구분된 수저를 색별로 받침대까
지 세트로 구성된 것을 샀을 뿐이었다. 그런데 아
침 맛있게 먹고 갑자기 사용하는 그릇과 수저 세트
가 과하다는 잔소리를 퍼부으니, 정말이지 이해 못
할 일이었다.

"아침 맛있게 먹고 나서 왜 그러는 거예요?
뭐가 잘못됐다는 건지 나는 이해가 안 되는
데……."

갑작스러운 잔소리 공격에 나도 방어막을 치며 반격도 해보았지만, 엄마의 잔소리에는 전혀 먹히지 않았다. 그냥 할 말을 할 만큼 다 하고 나서야 잔소리는 끝이 나는 거다. 엄마의 잔소리는 그렇다. 적당한 정도가 없다. 끝도 없다. 배추가 소금에 절여지듯 상대방이 어느 정도 잔소리에 절여져 풀이 죽어야 끝맺음이 난다. 나도 몇 번의 방어와 반격을 시도해 보았다가 안되겠어서 포기했다.

그이해가 되지 않는 그날 엄마의 잔소리에 나는 그냥 입 꾹 닫고 식탁 저쪽 끝 의자에 앉아있었다. 그렇게 입을 닫고 한참을 지나서야 잔소리는 끝이 났다. 그렇지만 나는 명치에 잔소리가 쳇기처럼 꽉 걸렸다. 월요일 휴일이면 다 같이 점심을 외식으로 해결하고 경기도 외곽으로 나들이 삼아 드라이브 나가거나 산책을 하는 게 우리 가족의 소소한 즐거움이라면 즐거움인데, 도저히 점심은 못 먹겠다 싶어 포기 선언을 했다.

"난 소화가 안 돼서 점심은 건너뛰어야겠어.

다들 먹고 연락하면 식당 근처로 나갈게."

마치 게임을 하다가 이번 판은 빠지겠다고 손을 털고 나오듯 그렇게 자연스럽게 빠졌는데 아침 일찍부터 공업사에 가서 차를 손보고 온 남동생 눈치가 빨랐다. 왜 소화가 안 되냐고 묻더니 곧장 분위기를 파악하고는 엄마가 가자고 하는 소고기국밥 파는 식당으로 식구들을 내몰아 나갔다. 운전 못 하는 내게 자기 집에 차 좀 가져다 놓으려냐는 애꿎은 농담을 던져놓고 말이다.

'엄마, 엄마 잔소리는 평소엔 보약인데, 아주 가끔은 추운 데서 먹는 김밥 같아. 체할 것 같다고.'

서로에게
다른
배려심

작년에 식구 중 엄마와 가장 많은 시간을 보낸 건
바로 나였다. 삼시 두 끼 혹은 세 끼도 함께 할 때
가 많았다. 엄마와 나는 밥을 같이 먹는 식구인 만
큼 서로의 취향과 기호를 잘 아는 편이다. 잘 알고
맞추려고 노력도 하는데 맞춰지지 않을 때가 있다.

먹는 것만 해도 그렇다. 나는 빵 한 쪽에 커피 한
잔도 한 끼 식사로 충분한데, 엄마는 그렇지 않다.
대단한 차림은 아니어도 한식이 좋고 여러 번 내놓
는 반찬에는 손을 잘 대지 않는다.

"엄마, 순두부 해 먹을까?"

"그래, 좋지!"

좋아하는 엄마의 호응에 나는 신이 나서 타이거 새
우 큰 거 세 마리를 넣고 보글보글 해물 순두부찌
개를 끓였다. 그런데 식탁에 뚝배기를 올려놓으려
고 하는 찰나 먹지 않겠다고 했다. 순두부찌개는 엄
마가 평소에 좋아하던 거라 그날도 좋아하리라 기
대하며 몸에 좋은 버섯도 넣고 너무 맵지 않고 살
짝 매콤한 정도로 준비했는데 갑자기 안 먹는다고
하니 허탈했다. 이유를 물었는데 엄마는 대답을 피
했다. 몇 번을 물었는데 계속 묵묵부답에 그냥 다른
반찬으로만 식사하길래 더 묻다가는 서로간에 의
만 상하겠다 싶어 그만두고 말았다. 밥을 먹는 내내
'뭐지? 뭐 때문이지?' 짱구를 돌려보는데 그럴듯한
이유를 알 수 없어서 살짝 동생에게 눈짓했는데 동
생도 난감해 했다. 기분 좋게 준비하고 함께 하려고
했던 밥상이 절로 소화제를 부르게 되었다.

밥을 먹는 동안 이유를 알 길 없는 상황에 동생은 고개를 갸웃거리기도 하며 답답하다는 티를 냈다. 나는 그저 엄마의 마음이 가을 한낮의 볕을 보고 노근노근해지고 수그러지기를 바랄 뿐이었다. 그렇게 그다음 날이 되었고 3인분으로 끓였던 순두부찌개는 엄마가 먹지 않은 1인분이 고대로 남아 냉장고에 들어갔다 다시 나왔다.

아침 식사에는 역시 뜨끈한 순두부찌개가 제격이다 싶어 엄마에게 다시 권해보았지만 역시나 싫다고 했다. 여전히 이유를 알 수 없었고 동생과 둘이 찌개 한 그릇을 나눠 먹었다. 동생은 밥상 차리던 언니가 신경이 쓰여서인지 연신 맛있다고 했다. 나는 멋쩍은 듯 어색한 웃음을 지어 보였다. 그날 점심상과 저녁상을 차리면서도 계속 엄마가 탐탁지 않아 하던 순두부찌개가 생각이 났다. 물어볼 때는 좋아하더니 갑자기 싫다며 변덕인 이유를 알 수 없어 답답했다. 이유라도 알아야 다음에는 엄마 마음에 맞춰 할 수 있을 텐데 싶었다. 그러다 저녁 설거지를 하는데 등 뒤에서 엄마가 혼잣말처럼 한마디 하는게 아닌가.

> "내가 ⋯⋯ 조심하려고 해. 아직은 그래야 할
> 것 같아서 ⋯⋯."

아차, 싶었다. 엄마가 간암 수술을 한지 이제 겨우
한 달 남짓 되었고, 퇴원 후 외래진료에서 주치의
교수님은 주의할 음식으로 날 음식, 자극적인 음식
을 들었었다. 그 이후로 엄마는 숙제 받은 초등학
교 모범생처럼 꼭 지키려 노력했다. 가장 좋아하는
날생선과 게장 반찬을 아예 끊었고 밀가루 음식도
될 수 있는 대로 피했다. 거기에 본인이 생각하기
에 안 좋다고 생각하는 음식들, 돼지고기, 기름기
많은 음식 등 자신만의 금기 식단을 꾸려놓은 것이
었다. 아마도 엄마는 따뜻하고 고소한 순두부찌개
에 밥 먹을 마음의 준비를 하고 있다가 내가 찌개
에 새우 세 마리를 퐁당 떨어뜨린 순간, 먹지 말아
야겠다 싶었던 거다. 아직은 피해야 할 재료가 들
어갔다고 생각한 거겠지. 그렇지만 열심히 식사 준

비한 나를 생각해 그냥 조용히 넘어가려고 했던 건데 꼬치꼬치 캐묻는 딸 앞에 답답한 마음도 있었을 것 같다.

이제야 궁금증이 풀렸다. 그냥 편하게 이야기해줘도 맘 상하지 않았을 텐데 입 꾹 닫고 고대로 이틀을 보내니 얼마나 답답했는지 모른다. 엄마는 나름대로의 자신을 스스로 돌보는 의지와 상대를 배려하는 방식이 있는데 나와는 조금 달랐던 것뿐이었다. 내 방식과 내 속도가 언제나 옳다고 생각하지 말아야 한다.

좋아하고
싫어하는 것
사이

'엄마는 좋아하고 나는 싫어하는 것'이라는 동화책
을 우연히 읽게 되었다. 말 그대로 주인공의 엄마만
좋아하고 아이는 싫어하는 것의 모음집이다. 엄마
취향대로 골라 입히기, 먹기 괴로운 채소 요리 해주
기, 친구랑 신나게 놀고 있는 방에 들어와 들러붙
어 있기와 같은 것이 주인공이 싫어하는 것이다. 솔
직한 아이의 마음을 대변한 것 같아 귀엽기도 하고
얼마나 많은 부모가 부모와 자식 간이라는 이유만
으로 자녀에게 얼마나 많은 것들을 강요하고 바라
왔을까 하는 생각도 들었다. 그래도 서른 장은 족히

넘는 동화책 그림을 보는 내내 많은 장면에서 미소가 배시시 흘러나왔다. 책을 덮으려다가 '나와 엄마는 어떨까?' 하는 생각이 들어 다시 처음부터 책장을 넘겼다. 마흔 넘은 늙은 딸내미가 무슨 동화책에다 감정이입이냐 싶으면서도, 누구나 어렸을 적 해맑았던 시절의 소녀 감성은 조금씩 간직하며 살고 있다고 믿는 나로서는 그게 무슨 상관일쏘냐 싶었다. 그런 마음가짐으로 다시 동화책을 읽고 나니 나와 엄마에게 해당하는 게 별로 없었다.

우리 엄마는 나를 얌전히 있게 하려고 뭔가로 구슬리지 않았고, 내 의견은 묻지 않은 채 엄마 말대로 하라고 명령하는 일도 별로 없었다. 나는 엄살은커녕 너무 참아서 문제이지만, 내가 조금이라도 아픈 기색이 보이면 '쉬어야 한다, 병원에 가자' 하곤 했다. 사람들 앞에서 나를 놀리고 재밌어하지 않고 내 본 모습보다 훨씬 더 후하게 쳐주고 칭찬하는데 선수다. 엄마는 소풍 가는 날 버스에 오르는데 쫓아와서까지 잔소리하며 챙겨주고 차창밖에서 손을 흔들고 쳐다보는 일은 결단코 없었다.

일하느라 입학식과 졸업식에도 거의 오지 못했다. 물론 비슷한 점도 있다. 아직도 씻고 있으면 등 밀어준다며 노크하고 욕실로 따라 들어오고, 엄마 눈에 별로 달갑지 않은 구석이 있으면 '지 아빠 닮았다'라며 싫은 사람 이름을 들먹거리기도 했다.

그런데 동화책 주인공과 다른 점은 우리 집과 비슷하다고 느끼는 몇 가지 것도 더는 싫지 않다는 것이다. 한때는 나도 엄마에게 아쉽고 싫어했던 것들이 있었을 텐데 그런 것들도 점점 싫다는 감정이 들지 않는다는 것이다. '싫다'에서 '그럴 수도 있지'로, 다시 '내가 엄마여도 그랬겠다'로 바뀌고 공감의 마음이 점점 커지고 감정의 골이 점점 완만하게 메워진다.

독립하면 엄마의 잔소리에서도 벗어나고 나만의 시간을 충분히 누리면서 내가 하고 싶은 대로 살 수 있으니 지금보다 훨씬 더 자유롭지 않을까 생각했던 적도 있었지만, 시간이 갈수록 물리적인 독립보다는 정신적인 독립을 꿈꾸자는 생각으로 바뀌고 있다. 좋고 싫고의 단순한 이분법을 잣대 삼기보다 정신적으로 어른이 되고 싶다. 함께 있지만 홀로 있을 때를 두려워하지 않고, 혼자 있어도 주변을 돌아보고 공동체 안에서의 나를 함께 생각할 수 있는 어른의 사고를 하는 진정 독립적인 사람이 되고 싶다. 엄마와의 유대와 연대가 워낙 깊어서 정서적으로는 완전히 홀로 있기 어렵지만, 나의 어느 순간도 엄마와 떨어질 수 없는 끈끈하고 소중한 것으로 굳게 엮여 있다는 사실이 오히려 나를 안심하게 한다.

엄마와 우리 삼 남매는 지옥처럼 느껴졌던 6년 동안의 애굽 아파트를 떠나

비와 바람, 뜨거운 해를 가려 줄 광야 천막집, 작은 단칸방으로 이사를 했다.

우리의 작은 집은 험악했던 그곳과 같다면 같고 다르다면 달랐다.

좁고 불편했던 광야 생활이란 점에서는 같았지만

우리는 갇히지 않고 자유로웠다.

야반도주한 가족들을 괘씸해 하는 성난 아버지가

우리를 쫓아다니지 않을까, 혹시 이 집도 들키는 것은 아닐까 하는

불안함이 있었지만, 살 수 있었다.

3장

당신이 애잔했던
그해, 그 겨울

우리 가족의
출애굽기
1

"우리 애들 보내. 그렇게 알아."

어느 날 밤, 엄마는 전화를 걸었다. 커다란 김장김
치 한 통과 쌀 20킬로그램 한 포대를 우리 삼 남매
와 함께 택시에 실어서 개봉동 둘째 이모네 집으
로 피신시켰다. 집이 더는 안전한 곳이 아니었기
에 위험으로부터 최대한 멀리 떨어뜨려 놓으려는
심산이었다. 엄마 본인은 밤새 '남편'이라는 위험
과 맞닥뜨리면서도 자식들만은 안전하게 지키려
고 했다. 강남구 일원동에서 개봉동까지, 택시는

간만에 장거리 손님이었는지 사람도 차도 드문드
문 보이는 밤거리를 신나게 달렸다. 우리 속도 모
른 채. 택시가 한 시간도 채 안 되는 시간 동안 달
려 이모네 집으로 갈수록 몸은 엄마랑 멀어졌지
만 내 생각과 마음은 여전히 엄마와 함께 있었다.
어둡고 긴 밤, 엄마를 안전하게 지켜달라고 기도
하면서도 불안한 마음은 좀처럼 사라지지 않았다.
뒷자리 동생들이 안 보는 사이 얼굴을 매만지는
척, 또 저 먼 데로 시선을 보내며 소매 끝으로 계
속 눈물만 훔치며 갔다.

일상은 급박한 상황의 연속이었다. 하루하루가 위
급했고 위험했다. 불안하고 두려웠다. 아버지란 사
람은 안정감이 아닌 불안감을 주었다. 술에 취한
아버지는 손에 잡히는 대로 집어 던졌다. 사랑받아
야 할 가족들에게 욕지거리를 남발하며 매질을 해
댔다. 심지어 주방에 있는 과도나 식칼, 공구함에
있어야 할 망치를 들고 위협하는 날도 있었다. 그
런 날이 쌓이니 우리는 나름의 생존전략도 갖추게

되었다. 그중 하나가 집 안에 있는 소주병과 칼을
여기저기 숨겨놓는 것이었다. 술에 취한 아버지에
게 맞아 죽든 찔려 죽든, 아무튼 죽지 않으려면 무
엇이든 해야 했다.

학교에 간 여동생의 책가방 안에서 소주병이 나왔
다. 간밤 난리 통에 일단 숨겨두자고 안 보이는 곳
에 넣어놓은 것이 책가방이었나 보다. 간신히 힘겨
운 밤을 보내고 지쳐서는 숨겨놓았던 소주병을 그
대로 가방에 넣은 채로 등교했다. 가는 날이 장날
이라고, 마침 그날 갑작스럽게 소지품 검사를 했
다. 당연히 학생이 학교에 가져올 물건이 아니었지
만 가방 문을 열고 나온 소주병을 본 선생님은 그
대로 가방 문을 닫았다. 아무런 티도 내지 않았고
아무것도 묻지 않았다. 지나오니 그야말로 웃픈 이
야기가 되었다.

화초든 동물이든 생명 있는 것을 키우는 것에 관심
도 재주도 많았던 엄마는 어느 날 예쁜 수조와 금

붕어 몇 마리를 사 왔다. 하루가 멀다 하고 술에 취한 아버지 덕에 집안에는 남아나는 것이 없었는데, 엄마는 왜 그 꾸물거리는 작은 생명체들을 우리 집으로 데려왔는지 모르겠다. 살아있음에 대한 경이로움을 알게 하려는 것이었을까? 가히 전쟁통 같은 매일을 보내면서도 여전히 살아서 다음 날 뜨는 해를 맞이할 수 있는 삶에 대한 감사함일지, 질기고 고된 일상 속 잠깐의 즐거운 딴청을 선물하고 싶었는지, 어떤 마음이었을까? 잘 모르겠다. 우리 삼 남매는 금붕어 밥 주는 재미에 빠져 번갈아 가며 밥을 주고 이쁘게 키웠다.

　　어느 날 밤, 아버지는 술에 잔뜩 취해 휘청거리며 이것저것 손에 잡히는 대로 집어 던졌고, 결국 '촤르르르' 무언가 한 번에 쏟아지는 소리와 함께 수조 속 작은 강이 무너져 내렸다. 작게 갈라져 반짝이는 유리 파편 사이로 놀란 금붕어들이 뻐끔뻐끔, 파닥거렸다. 마치 영화 속 한 장면 같았다. 금붕어를 제외한 모든 것은 멈춰있고 금붕어들만 살아 움직이는 것 같았다. 멈춰있던 시간을 다시 흐르게 한 것은 엄마였다. 한 사람만 빼고 다 같이 놀란 금붕어처럼 입을 헤 벌리고, 놀란 토끼 눈을 껌뻑거리지도 못하고 마치 눈싸움하듯 동공은 있는 대로 확대되어 멈춰있었는데 엄마가 '아이고' 소리를 내며 벌떡 일어섰다. 멈춰 섰던 시간이 다시 흐르기 시작했다.

"집을 얻었어. 이사하자."

어느 날 밤, 엄마의 손에 이끌려 우리는 집을 나왔다. 짐이라고는 옷 몇 가지와 책가방 하나씩이 전부였다. 우리가 살던 애굽같은 집에서 홍해를 건너 애굽병사가 쫓아올 수 없는 광야에 들어섰다. 움막처럼 작고 허름한 곳이지만 세상에서 가장 안전한 곳이었고 우리 네 식구의 몸을 숨길 수 있는 곳이었다.

"여기가 이제 우리가 살 집이다."

우리 가족의
출애굽기
2

2000년, 엄마는 작은 집을 얻었다. 그 당시에는 집을 얻을 돈이 어디서 났는지 몰랐다. 아니 안중에 없었다. 우리 가족이 안심하고 지낼 곳, 비와 바람, 그리고 아빠의 폭력을 피할 곳을 엄마가 구했다는 사실이 더 중요했다. 21년이 지나고 나서야 나는 엄마가 그 작은 방 한 칸을 얻기 위해 어떤 준비를 했는지 알게 되었다. 새벽부터 건물 청소 일을 하며 정직하고 성실하게 벌어서 조금씩 모아 들어 놓았던 보험을 해약한 돈 300만원과 쌈짓돈 100만원을 합쳐 400만원으로 얻은 방이었다는 사실을….

한 달에 14만원 내는 월세방이었다. 집이라고 할 거 없이 그야말로 방 한 칸이 전부나 마찬가지였다. 방 한 칸에 딸린 작은 부엌과 화장실 하나가 우리 집의 전부였다. 주방보다는 부엌이라고 부르는 게 어울릴 작은 공간의 반절은 바닥이 시멘트여서 파란색 '쓰레빠'(슬리퍼)를 신고 나가야 했다. 수도 시설이 있어서 어느 때는 식재료를 씻고 음식을 만들 때는 주방이 되었고, 세수하고 샤워를 할 때는 욕실로 변신했다. 현관문에서 방으로 들어가는 관문이자 기다란 공간 한쪽 끝에는 작은 냉장고와 가스레인지 정도가 놓이는 부엌이었고, 가운데 공간은 세수하고 샤워하는 욕실로 사용하고 한쪽 벽 끝에는 통돌이 세탁기를 놓은 세탁실도 겸했다. 그야말로 다용도 공간이었다. 화장실은 현관문 밖에 따로 있었는데, 수세식이었지만 신발을 신고 나가야 했다. 플라스틱 '쓰레빠'는 겨울에 화장실에 신고 가기 상당히 난감했다. 추위에 딱딱하게 굳고 얼어서 신고 다니기가 영 힘들었다. 비가 심하게 올 때는 현관문에서 화장실까지 가는 한두 걸음 사이,

처마가 닿지 않는 동선은 우산을 쓰고 다니곤 했다. 그런 곳에서 네 식구가 살았다. 넷이 몸을 누이면 옆으로 돌아눕기 어려울 만큼 딱 각이 맞았다. 모양새로는 군대 내무반이나 교도소 사동 안에 있는 혼거실(混居室) 같기도 했다.

수용자의 자녀들을 돕는 기관에서 비영리 활동가로 일하면서 수용자들이 작업을 나가고 아무도 없을 때 사동과 주요 시설을 둘러보는 '교도소 라운딩'을 해볼 기회가 있었다. 교도관은, 이 작은 방에서 대여섯 명이 함께 지낸다며 우리나라의 교도소는 다른 나라에 비해 교도소 내 수용 과밀화가 높은 편이라고 했다. 그 설명에 다들 '어머나' 했고 나도 그 틈에 껴 '너무 갑갑하겠다'라고 함께 놀랐다. 그렇지만 엄마가 우리 삼 남매를 지키기 위해 21년 전 보험 해약금으로 얻은 집도 그것과 별반 다르지 않았음이 기억났다. 엄마는 어렵게 마련한 집 안에, 친하게 지내던 동네 야쿠르트 아주머니가 자기 신용카드로 먼저 대금을 내고 사준 작은 냉장고와 세탁기를 채웠다. 그 외에는 다른 살림살이라고 할 것도 없는 상태로, 우리 삼 남매에게 가방 하나씩 둘러매게 하고 떠나자 했다.

엄마와 우리 삼 남매는 지옥처럼 느껴졌던 6년 동안의 애굽 아파트를 떠나 비와 바람, 뜨거운 해를 가려 줄 광야 천막집, 작은 단칸방으로 이사를 했다. 우리의 작은 집은 험악했던 그곳과 같다면 같고 다르다면 달랐다. 좁고 불편했던 광야 생활이란 점에서는 같았지만 우리는 갇히지 않고 자유로웠다. 야반도주한 가족들을 괘씸해 하는 성난 아버지가 우리를 쫓아다니지 않을까, 혹시 이 집도 들키는 것은 아닐까 하는 불안함이 있었지만, 살수 있었다.

당연한 것이 하나도 없었다. 아르바이트하며 공부하느라 어두운 골목길을 헤치고 집에 돌아온 나와 여동생의 무사 귀환도, 돈이 조금 더 되는 야간 편의점 아르바이트로 밤샘을 하고 오는 남동생의 별일 없음도, 이른 출근을 위해 20여 년간 아직 잠들어 있는 새벽녘 자명종 시계보다 더 정확하게 새벽

세 시 반이면 일어나 자식새끼들 먹여 살리느라 어두운 골목길을 지나 지독한 광야 한가운데로 걸어나가야 했던 엄마의 새벽 출근길도, 그 어느 것 하나도 당연한 것이 없었다. 엄마는 우리 삼 남매를 데리고 오금동 작은 집으로 이사를 간 이후에도 15년 동안 새벽 출근을 했다. 우리집 앞에 있는 정류장보다 버스 첫차가 빠른 정류장을 찾아 가락시장, 때로는 문정동 로데오거리로 새벽 네 시도 지나지 않아 집을 나섰다. 아직 별이 한창인 시간에 어둠과 무서움, 추위를 이기고 그렇게 혼자 15년을 걸어야 했다. 애굽을 떠나 광야에 들어서니 작은 발 한 걸음 내딛는 것도, 물 한 모금, 밥 한 숟가락도 거저는 없었다.

삼 남매가 모두 성인이 되어 아르바이트며 회사생활을 하기 시작했지만, 형편은 눈에 띄게 좋아지지 않았다. 대학 생활은 장학금을 받으며 공부했지만 몇 푼 되지 않은 아르바이트 급여를 엄마에게 십만 원, 이십 만원의 생활비로 보태고 나면, 교통비와 책값, 약간의 용돈으로 사용하기에도 빠듯했다. 돈을 모아 살 집을 넓혀가고 살림을 늘려간다는 것은 너무 어려운 일이었다. 그렇지만 느리게, 아주 느리게 조금씩 우리는 나은 장막으로 옮겨갈 수 있었다. 방 한 칸에서 두 칸으로, 세 칸으로 늘려갔다. 반지하에서 지상으로 올라오기까지 12년이 걸렸다. 우리는 20여 년간 광야 생활을 했다.

그래도 눈을 뜨면 우리가 여전히 살아있음이 감사했다. 삼시 세끼 굶지 않고 먹는 것이 감사했고, 건강해서 일할 수 있고 공부를 할 수 있으니 감사했다. 꼭 필요한 것은 부족하지 않게 채워졌고 쓸데없는 허영을 부리지 않을 정도의 통장 잔고도 감사했고, 이야기 나눌 친구들과 마음을 나눌 동료들이 있음이 감사했다. 저녁이면 찾아올 집이 있고 밤이면 비를 피하고 누울 자리가 있다는 것이 감사했다. 무엇보다 단 한 번도 우리 스스로 가난하다고 여기지 않았다는 것이 감사했다.

애굽에서도, 홍해를 가르는 출애굽과 광야에서도
줄곧 그랬다. 그러나 한곳에 오래 머무르지 못하고
이곳저곳을 옮겨 살아야 했다. 그렇게 20년의 광야
시절이 지나 2021년이 되어서야 우리의 집을 갖고
제대로 정착하게 되었다.

아주 깊고
조용한
애도의 시작

"최○○님이 사망하셨습니다"

최○○, 지난 20년 동안 잊으려고 애썼던 이름이
었는데, 이름을 듣자마자 20년 전의 고통스러웠던
현실이 순식간에 스쳐 지나갔다. 전화를 받고서는
어떻게 대답했는지도 모르겠다. 아주 어정쩡하게
"네?……네…… 아, 네…….."라고 묻는 말에만 대
답했던 것 같다. 버스는 가고 정류장마다 성실하게
서고 있는데 나는 타지도 내리지도 않은 채 그대로
멈춰있는 것 같았다.

전화를 받은 이후 종종 꿈속에서 헤매는 듯한 느낌이 들었다. 꿈인가, 생시인가 하며 멍하기도 한 것이 뇌가 정지된 것 같았다. 정신이 반쯤 나가 있는 것 같아서 무엇을 해야 하는지, 누구한테 먼저 알려야 하는지도 모르겠는데 누군가의 힘으로 '해야 할 일'을 할 수 있도록 순간 정신이 들었다.

우선 가까운 사람들과 교회, 직장에 알리기로 하고 연락을 했다.

'요양병원, 뇌혈관질환, 코로나, 가족장'

주변 사람들에게 알린 아버지 장례에 대한 키워드였다. 병원이든, 장지든, 어디든 찾아와서 우리의 얼굴을 보고 위로하고 싶다고 하는 분들이 있었지만 같은 대답으로 일관하며 점점 시끄러워지는 머릿속을 잠재우려 애썼다.

'빈소를 차리지 않고 가족장으로 조용히'

서둘러 하던 일을 마무리하려고 했지만 나도 모르게 했던 말을 쓰고 또 쓰고 반복하며 간단한 문장 하나를 써 내려가는 데도 오타를 내고 있었다. 장례의 과정은 간소하고 단출하다 못해 허전해 보였다. 소식을 들은 그날, 우리 가족은 평소처럼 보냈다. 그렇지만 편하지 않았다. 명치끝이 꽉 막힌 것 같고 왠지 모를 긴장감으로 손과 발이 급히 차가워졌다.

장례를 치르는 동안 여기저기서 울음이 터지고 가까운 손님이 올 때마다 상주의 복받치는 곡소리는 없었다. 대신 터뜨리지 못하는 우리의 깊은 흐느낌이 있었다. 속울음이었다. 화장터 1번 화로에 들어간 남편의 관 앞에 서서 유리 가림막을 사이에 두고 양쪽 어깨를 들썩이며 몸을 가누기 어려워하는 엄마의 뒷모습은 세상에서 가장 큰 속울음이었다. 마치 춤을 추고 있는 듯 들썩거리는 엄마의 모양새는 화장터가 아니었다면 더 어울렸을 터인데. 어느새 마흔이 넘은 내 나이만큼의 결혼생활 중 절반

이상을 까칠하고 힘겹게 보내온 엄마의 복잡한 회한이었을까….

　　　오랜만에 마주한 남편은 손발이 묶여 옴짝달싹하지 못했다. 한때 호랑이 같은 불호령을 내리고 애굽의 폭군처럼 군림하며 가족들을 옴짝달싹하지 못하게 했던 그 사람이 맞을까? 긴 세월, 자신과 가족을 지옥 불 앞에 던져 놓고 또 던져 놓고 했던, 매정하기가 무서울 만큼 대단한 남편은 이제 20년이라는 더 긴 세월의 간극을 순식간에 뛰어넘어 모든 것을 다 잊어버린 망자의 모습으로 아무 힘 없이 자신이 고통 주던 가족들 앞에 조용히 누웠다.

우리는 깊고도 조용한 애도를 하며 20년 동안 한 번도 불러보지 않았던 내 아버지와 당신 남편의 장례를 치렀다. 엄마는 마지막 인사를 했다.

　'잘 가요.'

나의
반쪽이
사라졌다

"그래, 누구나 다 한 번은 왔다 가는 거야. 잘
보내드려. 아버지가 계셨으니 선희가 있는 거
였으니까."

아버지 때문에 많이 힘들었고 많이 미워하기도 했
는데, 부고 소식을 전하는 전화 너머의 이야기를
들으니 '아, 내 절반은 아버지였구나.' 싶었다. 아픔
과 미움이 크니 당연히 슬픔도 없을 줄 알았다. 그
런데 웬걸? 그렇지 않았다.

'내 절반이 아버지여서 그랬나 보다.'

싫었던 기억들이 되살아나긴 했지만 흐릿하고 희미해졌고, 그보다는 병상에서 맞이했을 외로운 죽음이 그려져서 마음이 괴로웠다. 코로나가 급속도로 번지는 중에 치른 장례는 누군가를 오라고 청하기 어려웠다. 그렇지만 실제론 다행인 건가 하는 생각도 들었다. 우리의 형편과 처지, 그러니까 다락방, 아니 다시는 뒤질 수도 없는 땅속 깊은 곳에 파묻어 놓은 과거의 아픔과 상처를 다시 헤집어 꺼내고 꺼내고 또 꺼내지 않아도 되니까. 우리를 위로하기 위해 빈소를 찾는 사람들은 우리를 위로하며 아비의 죽음에 관해 물어볼 텐데 그 길고 험난했던 시간, 죽을 것만 같았던 시절들에 무어라 이야기해야 하나 싶었다. 죽을 것 같았던 곳에서 그저 살기 위해 떠나왔고 20년을 광야로 살아왔는데, 우리의 아픔을 묻는 이들에게 그 힘든 이야기를 계속 꺼내 보여야 하나 어쩌면 코로나가 핑곗거리가 되어 잘됐다 싶기도 했다. 알코올 의존으로 가족을 돌보기는커녕 10여 년의 시간 동안 가족들을 온 갖 폭력으로 다스리며 엉망으로 살았던 아비였다 고 말하나. 지옥 같은 시절을 계속 살 수 없어서 가 방 하나씩 메고 엄마의 전 재산 400만 원으로 단칸 방 얻어서 그렇게 야반도주하듯 도망쳐 나와 20년 을 떨어져 살았다고…? 그러다 요양병원에서 쓸쓸 하게 홀로 돌아가셨다고 말한들 우리를 찾는 이들 은 이 죽음을 어떻게 받아들일 수 있을까? 10년은 지옥처럼, 20년은 광야에서 그렇게 살아온 우리 앞 에서 '잘 죽었다'라고 할 수도, '왜 그렇게 빨리 가 셨냐' 하기도 어렵지 않겠는가 말이다. 무엇보다 말라버린 샘터 아래 깊이깊이 묻어놓는 상처를 끄 집어내기 너무 두려웠다. 그날들의 아픔이 다시 살 아날까 봐, 그래서 우리가 다시 아플까 봐.

'아버지'라는 이름을 참 오랜만에 불러보았다.

십 대 여고생 시절에 내 생전에 아버지라는 이름은 다시 부르지 않겠다고 다짐했었다.

'아버지가 요양병원에 계시다가 돌아가셨어요. 코로나로 빈소는 차리지 않고 조용히 가족장으로 장례를 치르기로 했습니다. 기도 부탁드려요.'

짧고 간결한 문자를 써서 바로 생각나는 몇 사람들에게 복사와 붙여쓰기를 하며 소식을 전했다. 엄마는 가까운 분들에게 짧은 통화로 소식을 전했고 연결된 사람들이 어떻게 소식을 알았는지 연락을 해왔다. 위로의 메시지가 쌓였지만 읽지 않았다. 읽을 수 없었다. 전화벨이 울리는데 차마 받을 수가 없었다. 괜스레 아무렇지 않은 듯, 세상 담담한 척하는 엄마의 표정을 곁눈질로 보고 있자니 전화통화라도 하다가는 삼십 년 가까이 참아온 눈물이 터질 것 같았다. 아직 부둥켜 안고 울고 싶지 않았다. 정확히는 그 긴 시간 참아온 눈물보가 터지면 주체할 수 없을 것 같아서였다. 봇물 터지듯 넘치고 넘치고 폭발하듯 터지는 눈물에 하염없이, 그리고 하릴없이 우리 모두가 떠내려갈까 봐.

장례 후에도 연락은 계속되었다. 쌓여가는 메시지와 부재중 전화를 놔둔 채, 우리는 우리 서로의 슬픔에 집중하고 있었다. 지옥 같은 애굽에서 10년, 우리를 거친 광야로 내몰았던 20년, 합이 30년을 거칠고 깊은 생채기를 만들었던 아버지, 그 아버지의 죽음 앞에 우리는 우리의 방식대로 슬퍼했다. 앙상한 가지가 가시처럼 보이는 나무들이 듬성듬성하게 서 있는 차갑게 얼어붙은 공원을 함께 걸었다. 더 흐를 것이 없는 말라버린 탄천 물가에 힘겨웠던 우리의 지난 기억들도 흘려보냈다. 어느 날은 따스한 소고기 수프와 빵 한 조각으로, 어느 날은 사천 원 하는 콩나물국밥으로 헐거워진 뱃속을 달랬다. 지극히 평범한 하루하루를 보냈다. 그렇게 아버지를 보냈다.

누구도
구원해주지 않았던
시절

예배 중에 한 여자 전도사님이 여성폭력을 막기 위한 중보기도를 낭독했다. 그리고 막힘없이 이야기했다. 원고도 없이 앞만 쳐다보고는 아직 불치의 병처럼 치유되지 않은 채, 이 세상 곳곳에서 발견되는 질병인 '여성폭력'에 대해 계속 말을 이어갔다. 단지 말하는 것이 아니라 외치는 소리 같았다. 나지막한 목소리인데 그 속은 단단하고, 표현에도 주저함이 없었다. 순간 홀리듯 시선을 빼앗겨 '기도합시다' 하며 끝맺음 말을 하기 전까지 눈 한번 깜빡거리지 않고 숨을 고르며 들었다.

기도가 끝나자마자 아직 예배가 남았는데 참지 못하고 휴대전화를 들어 인터넷에 강사의 이름 석 자를 검색해보았다. 여성의전화에서 일했던 분이었다. 역시 오랫동록 현장과 함께 한 활동가의 내공이 느껴졌다. 동생과 마주하며 '저분 내공이 있고 저력 있으신 분이다, 대단하신 분인 것 같다'는 말을 건넸는데, 기억은 이미 내가 갓 스무 살이 되던 해로 돌아가 있었다.

1366

선릉역 근처 진선여자중학교 앞을 지날 때였다. 우연히 벽에 붙어있던 전화번호를 보게 되었다. 1366. 그리고 근처 공중전화를 찾아 손가락을 덜덜 떨며 그 긴 네 자리 숫자를 눌렀다. 한참이 걸려 연결된 어느 여성 상담원에게 말을 걸었다.

"…… 아빠가 때려요. 우리 가족 모두 …… 다 아빠 때문에 너무 힘들어요."

나의 절박한 외침 이후 공감의 몇 마디가 돌아왔지
만, 그녀는 결국 우리를 돕지 못했다.

"가족 안에서 일어난 일은 아직 어떻게 처리
하기 어려워요. 안타깝지만, 도와드리고 싶지
만……."

자신도 어쩌지 못하는 허술한 법과 제도 탓이었는지
모르지만, 오늘 그분과는 다르게 그녀는 자신감이나
단단함이 없었다. 나긋나긋하다 못해 무르고 느긋해
보였다. 그리고 그녀와 나 사이는 너무 멀어 보였다.
그날, 나는 괜한 용기를 냈다가 되려 아무도 보듬어
주지 않는 내 아픔에 더 큰 상처를 입었다. 마음에
또 하나의 스크래치가 생겼다.

꽤 오랫동안 우리를 힘들고 괴롭게 했던 시간이었
다. 아버지와의 기억은 8할이 그랬다. 그 힘든 기억
을 통째로 들어내 버리고 싶다고 생각한 적도 있
었고, 죽음이 답인가 하는 어리석은 생각을 이따금

하기도 했었다. 알코올 의존인 아버지는 주사가 심하다 못해 폭력적으로 변해 집안 살림살이를 부수는 것은 물론이고 사람도 두들겨 패고 못살게 굴며 10여 년 동안 가족들을 힘들게 했다. 친구와 이웃을 잘못 만났고, 무엇이든 술로 풀고 술로 해소하려고 했고, 술로 만끽하려고 했다. 슬픔도, 고된 일상도, 즐거움도.

너무 추웠던 어느 겨울날, 소주 심부름을 하던 나는 그만 눈이 얼어붙은 시멘트 바닥에 미끄러져 소주병을 깨뜨렸고 결국 빈손으로 돌아와 집 밖에서 한참을 서 있었다. 추위보다는 빈손으로 돌아와 혼날 것이 무서워 한참을 덜덜 떨었던 기억이 마흔이 지난 지금도 선명하다. 역시나 크게 혼났고, 굳은 살 박인 아버지의 두꺼운 손으로 작았던 내 몸 어딘가를 처맞았던 것도 기억난다. 아버지는 이미 거나하게 취해 있었고, 나는 심부름에 늦으면 안 될 것 같은 급한 마음에 집에 있던 차림 그대로 맨발에 슬리퍼만 신고 나가서 발이 엉망이 되어 있었다. 이것마저 나중에서야 알게 되었다. 눈 내린 후 꽁꽁 언 빙판길의 한기를 맨발 슬리퍼 차림 그대로 맞닥뜨리면서도 빨리 소주를 사가야 했다. 초라한 내 모습을 친구 누군가에게 들키지 않았으면 좋겠다, 혹시나 아버지가 술기운에 일찍 잠들지 않았을까 하는 일련의 기대와 희망은 집에 돌아오자마자 와장창 깨졌다. 30년은 지난 지금에도 그 장면을 떠올릴 때면, 마음이 저리다. 그날은 겨울 중에서도 정말 추운 날이어서 길거리에도 오가는 사람들이 별로 보이지 않았다. 정말 추운 날이었다.

　　어리고 연약했던 내가 너무 처량했다. 수없이 돌이켜 보아도 말할 수 없이 안쓰럽다. 다시 시간을 거슬러 올라가도, 그때와 다르지 않고 어쩔 수 없을 것 같아서 더욱 애처롭다. 나의 어린 시절, 가슴이 아프고 저린 기억 대다수는 아버지와 관련된 것이었다.

광야를
지나며

작년 어느 날, 엄마는 예배 중 목사님이 잠깐 언급했던 '나의 하루'라는 하용조 목사님의 일기책을 사달라고 했다. 시중 서점에서는 이미 절판되었다는 것을 알고 중고 서점을 통해 멀리 부산에 어떤 독자에게 사서 택배로 받았다. 엄마는 읽고 또 읽고 세 번을 연거푸 읽으며 목사님의 기도문을 따라 읽었다. 낭독 녹음을 하자고 날을 잡고 분위기를 잡았더니, 엄마의 떨리는 목소리가 고스란히 음성 파일로 기록되었다. 그 분의 고백이 이제는 엄마의 고백이 되어버렸고 오늘의 기도가 되었다.

병에서 병으로

나는 20대 때부터 한 번도 아프지 않고 보낸
해가 없었다. 질병은 인생의 동반자와 같다.
··· 병이 도지면 나는 꼼짝 못 한다. 다시 원점
으로 돌아가는 것이다.
병이 나를 어쩌지 못했다. 고난이 나를 어쩌지
못했다. ··· 고난과 환경을 두려워할 필요가 없
다. 내 마음에는 늘 아픈 사람들, 힘들게 살아
가는 사람들이 있다. 그들이 나의 가족처럼,
동창생처럼 느껴진다. 병을 통해 하나님을 은
혜를 깨달았고, 아픈 사람에 대한 주님의 마음
을 알게 되었다.

<나의 하루 중 일부 / 하용조>

목숨을 위협하는 존재로 매일 밤 남편을 맞이해야
하는 처절하고 질겼던 칠흑 같은 고통의 시간도,
불청객처럼 찾아온 암이라는 질병도, 혼자 맨손으

로 자식 셋을 길러내느라 꼬박 20여 년 동안 세 시 반부터 걷기 시작한 새벽길도, 남들 마다하는 건물 청소 일을 해야 할 때도, 번번이 고난의 길은 길고 험했지만, 고난은 엄마를 어쩌지 못했다. 견디기 힘들었지만, 고통, 그 이상으로는 작동하지 못했 다. 아프고 고통스러웠지만, 엄마와 우리 삼 남매 를 망가뜨리지 못했다. 아이러니하게도 고통스러 울수록 오히려 정신은 민감해졌다. 우리의 고통 앞 에 눈을 질끈 감아버리는 매정한 현실 앞에 할 수 있는 건 기도밖에 없었다. 우리는 눈에 보이는 아 버지 때문에 고통스러웠고, 그런 힘든 현실을 잊고 싶어서 하늘을 향해 힘껏 소리를 치며 답답한 마음 을 이겨내려고 애썼다.

우리는 아플 때도 아프리카의 어린아이를 도왔고, 친구에게 밥을 샀다. 신학과 사회복지를 전공했고 음지에서 누구나 누려야 할 햇볕 한 자락 제대로 받지 못하는 이들의 편이 되어주려고 했다. 도움받은 것은 잊지 않고 감사로, 또 다른 이들을 향한 사랑과 관심으로 흘려보냈다. 엄마의 가르침이었다.

무엇보다 20여 년 전, 누군가는 야반도주라고 불렀을 그날의 출애굽은 엄마에게나 나에게나 선포의 순간이었다. 더 고통에 매이지 않겠다는 다짐이었다. 고통스럽지만 살아는 봐야겠다, 고통스러운 삶도 살 만한 것인지, 살아서 지옥에서 건짐 받은 자의 소망이 어디에 있는지 우리가 여전히 살아있으므로 이야기하겠다는, 삶을 두고 맹세한 굳건한 믿음이기도 했다. 듣는 사람 없어도 다시 한 번 이야기하고 싶었다.

　　"우리, 잘 살 거예요."

서로를 돌본다는 건 어쩌면 서로를 견디는 과정일지도 모르겠다.

겨우내 얼어붙은 땅이 계속될지라도 그새 얼음 결정 카펫이 되어버린 눈 덮인 땅 아래

봄이면 으레 움트는 생명 그 무엇이 추위를 이기고 서로를 견디며

봄을 기다리는 것처럼 말이다.

엄마와 나는 서로를 돌보는 관계로 함께 살아가고 있다.

오늘도 서로를 견디고 서로를 인내하면서.

4장

봄,
일상으로부터 오는 위로

햇볕
찜질

새로 이사 온 집은 남향이라 아침에 거실 왼쪽 끝
에서 해가 들기 시작해서 점심시간이 되면 정오
의 태양 빛이 거실 깊숙이 들어와 오후가 되면 거
실 다른 쪽 끝으로 점점 기울면서 거의 낮 시간은
햇볕이 가득하다. 이사 와서 처음 겨울을 맞이했는
데, 나지막한 산이 가까이 있어서인지 올겨울이 유
독 추웠는지 바깥 공기가 무척 차게 느껴졌다. 찬
겨울 공기를 뚫고 거실 창으로 들어오는 겨울 햇볕
이 우리 모녀에게 유독 따뜻한 선물처럼 느껴졌다.
겨우내 따뜻한 햇볕을 받기 위해 거실 커튼을 활짝

제쳐놓고 지냈다.

　　엄마는 새벽 일찍 일어나 나라와 민족을 위해, 장애인 공동체 사랑부를 위해, 교회와 그리스도인들을 위해, 주변 사람들과 가족들을 위해 기도하는 일로 하루를 시작해서는 온라인 새벽기도회를 끝내고 기도 노트 작성까지 마친 후에 아침 식사 준비를 하고 식사 후에는 나랑 집 안 청소를 하고 나서야 한숨 돌리는 시간을 갖는다. 무려 새벽 네 시 반부터 9시 반까지 장장 다섯 시간 동안은 쉬지도 못하고 바쁘게 움직이고 나서야 소파에 드러누워 본격적으로 시작되는 햇볕 찜질을 즐기며 낮잠을 즐기신다. 소파 팔걸이부터 찬찬히 들어오는 햇볕이 소파와 담요를 적당한 정도로 따뜻하게 데우면, 마치 해 좋은 날 널어놓은 이불이 뽀송뽀송해지는 것처럼 그렇게 기분 좋을 수 없다. 낮잠에서 깨어난 후 볕이 강해지는 오후가 되면 선글라스를 걸쳐야 눈이 부시지 않을 정도가 되니 '아이고 좋다' 소리가 절로 나온다.

"선희야, 이리 좀 와봐. 햇볕이 너무 좋아. 여기 와서 햇볕 좀 쬐다 가. 햇볕이 너무 좋은 거 있지!"

서로를
돌본다는
것

내 나이 벌써 마흔이 넘었다. 벌써라고 하는 건 아무래도 실감이 나지 않기 때문이다. 나이가 드는 것은 좋은 일일 수도 있고, 아니면 그저 슬프고 애처로운 일인지도 모르지만 하여간 마흔 넘게 세어버린 '나'는 다 어디로 갔는지 모르겠다. 그렇지만 사람들이 '너 몇이지?' 할 때마다 정확히 대답하기보다는 '마흔 넘었어요.'라고 대답하는 나를 보면, 나이 먹는 것에 대해 당당함이 좀 떨어지는 것 같다.

엄마는 올해 예순다섯이 된다. 나와는 스무 살 차

이가 난다. 나와의 차이나는 연수가 엄마가 나를 낳은 나이가 되는 셈이다. 내가 엄마의 예순다섯 안에 폭 안겨 있다. 엄마 품에 꼬박 열 달을 지내다 세상 밖으로 나왔지만, 마흔이 넘도록 엄마가 지어주신 밥 먹고, 한여름에도 땀을 뚝뚝 흘리며 엄마가 고아준 엄마표 명품 카레를 먹었다. 회사생활을 하는 마흔 넘은 직장인이 되어서도 유치원이나 초등학교 다닐 때나 할 법만 엄마의 도시락 조공을 받았다. 내가 어릴 때는 스물이 되면 성인이 되고 투표를 할 수 있고 운전면허를 딸 수 있고 연애도 마음대로 할 수 있다는 정도로 스물을 그렸다. 스물은 때에 따라서 대학 기숙사나 자취를 하기도 하며 원 가정과 분리되어서 독립적인 삶을 사는 것도 포함되었다. 어릴 때처럼 엄마가 챙겨주고 세세히 살펴주지 않아도 알아서 내 몸 간수는 할 수 있다고 생각할 수 있는 나이였다. 이래라저래라 하지 않는 free-잔소리 티켓이 주어지는 나이, 엄마의 잔소리에서 벗어날 수 있는 독립적인 삶의 시작이라고 생각했었다.

처음 나의 스물이 지나고 또다시 스물이 지났다. 나의 곱절의 청춘이 그렇게 흘렀다. 그렇지만 나는 아직도 엄마와 함께 살고 있다. 잔소리에서 벗어날 권리 같은 것은 태초부터 없었다. 이래라저래라 앞에 '네 나이가 몇인데...'가 붙어서 더 길어졌을 뿐이다. 그리고 엄마의 잔소리는 이따금 말다툼으로 이어지곤 한다. 말다툼까지 가는 날은 온 집안이 얼음장 같고 엄마의 말투도 중학교 3학년 사춘기 소년처럼 툴툴댄다.

> "아이고, 내가 무슨 죄가 많아서... 이 나이 먹고도 나이 많은 자식들 걷어 먹이고 뒤치다꺼리하느라 이러고 있을까?"

물론 딸의 답을 기대하는 질문은 아니다. 자조 섞인 한숨이 깊어지는 엄마의 독백이다.

> "내가 이 나이 먹고 수술까지 했는데 말이야. 해야 할 사명이 있어서 하나님이 살려주시고

집에 다시 돌려보내 주셨지만, 너네랑 이러
고 사는 게 어떨 때는 솔직히 힘들다."

엄마는 참 모순덩어리다. 거의 매일 쓰시는 신앙
일기에는 오늘도 아이들이랑 같이 하하 웃으며 즐
겁게 지내서 감사하다는 게 주된 내용이면서 어떤
날은 또 이러신다. 우리랑 사는 게 지치고 힘들다
고. 마치 그동안 솔직한 심정을 숨기고 억지로 참
으며 살아왔던 사람처럼. 마음에도 없는 이야기를
너무 매몰차게 입 밖으로 내뱉으니 말이다. 폭풍
같은 잔소리로 겨울처럼 그렇게 차갑고 매서운 한
기를 집안 가득 돌게 하다가도, 왜 그러시냐 뭐가
문제냐 따져 묻고 한숨 몇 번 쉬다 코가 대자나 빠
져있는 딸을 보고 못 이기는 척 금세 떡볶이를 대
령하니 말이다.

서로를 돌본다는 건 어쩌면 서로를 견디는 과정일
지도 모르겠다. 겨우내 얼어붙은 땅이 계속될지라
도 그새 얼음 결정 카펫이 되어버린 눈 덮인 땅 아

래, 봄이면 으레 움트는 생명 그 무엇이 추위를 이기고 서로를 견디며 봄을 기다리는 것처럼 말이다. 엄마와 나는 서로를 돌보는 관계로 함께 살아가고 있다. 오늘도 서로를 견디고 서로를 인내하면서.

잘 먹고
잘 살자

엄마와 나, 우리 모녀는 매일 비슷한 일상을 보내고 있다. 지난 8월, 엄마의 간암 수술 이후에는 더욱 그렇다. 엄마는 매일 떠오르는 태양처럼 어김없이 새벽 네 시 반, 매일 같은 시간이면 자리를 박차고 일어나 하루를 여는 기도를 시작한다. 아직 그 정도의 내공과 의지력이 발휘되지 않는 딸내미들은 일어나는 날도 있지만, 알람을 꺼버리고 그냥 자는 경우도 허다하다. 다섯 시 반, 엄마는 혈압약을 먹고 유튜브로 온라인 새벽기도회까지 드리고 그날의 기도 제목을 줄 노트에 옮겨적는데 그 이

후에도 30분에서 길게는 한 시간 정도 시간이 남지만, 엄마는 좀처럼 소파에 눕지 않는다. 그 시간에 아들이 가르쳐준 스트레칭을 하느라 요즘 엄마의 아침 시간은 더 바쁘고 알차다. 수술 후 4개월 차까지는 아침부터 저녁까지 삼시 세끼 준비하고 정리하는 게 내 몫이었는데, 언젠가부터 아침은 자연스럽게 엄마 차지가 되었다. 일곱 시부터 일곱 시 30분 사이는 잠결에 새벽기도회에 참여했던 딸들이 30분이라도 모자란 아침잠을 잤다가 다시 일어나는 시간이다. 딸들은 한참 전에 일어나 바쁘게 종종거리는 엄마의 뒷모습을 지켜보며 식탁 한쪽에 앉아있다가 집 안을 어슬렁거리면서 잠에서 깨어난다. 여덟 시쯤 아침 식사를 하는데 엄마는 두유에 오트밀로, 딸내미들과 아들은 밥식이나 빵식을 번갈아 먹는다. 아침을 먹고는 둘째 딸과 아들을 서둘러 출근길로 내보내고 나면 엄마와 나는 뒷정리를 시작한다. 설거지하고 집안 곳곳을 청소한다. 그러고 나면 아홉 시 반이 되는데, 이제 엄마의 쉬는 시간이다. 엄마는 전기매트를 켜 놓고 소파에 누워 딱 한 시간 정도 낮잠을 청한다. 알람을 맞추지 않는데도 기가 막히게 한 시간 후, 열 시 반이면 칼 같이 일어난다. 간 약을 먹어야 하는 시간이기 때문이다. 오전은 나의 시간이기도 하다. 할 일을 마친 후에 갖는 내 시간이다. 글을 쓰기도 하고, 그림을 그리기도 한다. 음악을 들으며 책을 읽기도 한다.

엄마와 나는 각자의 꿀 같은 달콤한 시간으로 오전을 보내며 슬슬 다가오는 점심시간에 맞춰 '오늘은 우리 뭐 먹을까?' 하는 고민을 한다. 된장찌개라도 있을 때면 주메뉴 삼아 집밥을 먹고, 그마저도 없거나 냉장고 털이 할 재료도 없을 때는 동네 탐방 삼아 외식을 한다. 진한 국물의 장터국밥을 파는 갈빗집, 매일 바뀌지만 메뉴를 알 길 없는 함바집 스타일 백반집, 돌솥밥에 갓 구워 내놓는 구수한 생선구이 집, 가게 앞에 파라솔을 펼쳐 놓은 동네 중국집 등 여기저기 찾아보고 먹어보며 동네 골목도 기웃거리고 추운 겨울에는 집에 들어오는 길에 괜히 붕어빵도 한 봉지 사서 나누어 먹는다. 그중 엄마의 최애는 생선구이 집이다. 전라도 영광, 바닷가 지방에서 태어나 열아홉까지 자란 엄마는 다른 건 몰라도 갖가지 생선과 해산물은 원 없이 드시고 자랐다고 했다. 삼 남매가 어릴 때만 해도 집에서 생선 구워 먹고 지져 먹는 일이 흔한 일이었는데, 요즘은 이웃 간 냄새 때문에라도 집에 서 생선 구워 먹는 일은 어려운 일이 되었다. 우리 집도 마찬가지 형편이다. 이웃 간 문제뿐 아니라 집에서 냄새나는 음식을 먹거나 하는 것에 손사래 를 치며 싫은 티를 내는 나 때문이기도 하다. 먹을 때는 좋아도, 준비하고 먹은 후에 오래 남는 비릿 한 냄새 때문에 좀처럼 맛깔스러운 식탁 앞에서도 기분이 나지 않는다. 어쩌다 생선요리를 하는 날에 는 집 안에 있는 창문이라는 창문은 다 열어놓고 디퓨저나 향초를 있는 대로 동원해서 온 집안 곳곳 에 퍼져있는 생선 냄새를 향기로 덮어보려 애쓰는 데 추위도 상관없이 한참을 열어놓고 냄새를 쫓는 유별을 떠는 게 바로 나다. 식구들이 냄새나는 음 식을 먹을 때는 유독 내 눈치를 보는 걸 알면서도 쉽게 고쳐지지 않는 나의 냄새에 대한 불편함이다.

날씨가 좋을 때나 웬만하게 걸어 다닐 수 있을 만큼 따뜻했을 때는 점심 전후로 서오릉 소풍이나 동네 산책이라도 했건만, 한겨울 강추위가 거세지니 그마저도 어려운 일이 되었다. 운동량이 줄어드니 몸이 더 찌뿌드드해지니 안 되겠다 싶어서 집 안에서 스트레칭이나 홈트로 대신하는데 엄마는 걷기 운동보다 더 힘겨워 한다. 오후 시간은 더 일찍 흘러가는 느낌이 든다. 점심 먹고 산책 삼아 동네 한두 바퀴 돌다가 돌아오면 금세 두세 시가 되고 오전에 했던 일을 이어서 할라치면 또 금세 네다섯 시가 된다. 엄마는 하루를 일찍 시작하고 일찍 마무리하는 편이기 때문에, 다섯 시쯤 되면 간단한 간식을 드시거나 생략하신 후에는 저녁 샤워를 한다. 하루를 정리할 시간이 되어간다는 뜻이다. 엄마는 나에게도 일찍 샤워하라고 성화를 하시곤 하는데 아직 여섯 시도 안 됐는데 하루를 다 끝내는 느낌의 기념식인 샤워를 하는 것을 나는 못마땅해

하기도 한다. 하루를 너무 짧게 사는 것 같고 뭔가 한 것도 없이 먹고 싸고 자는 것으로 하루가 가득 찬 것 아닌가 하는 허탈한 마음이 들 때도 있다.

그런데 엄마와 거의 24시간을 함께 보낸 지 여러 달이 되니 엄마의 생활 패턴에 익숙해져서 엄마의 샤워가 끝난 이후에는 나도 일찌감치 샤워 하러 들어간다. 그렇지만 그렇게 하루를 마무리하 지 않고 그날의 다음 2부를 보낸다. 저녁 식사 후 에 가족들과 좋은 영화를 보기도 하고, 남들은 이 미 다 보았을 축구 예능 프로그램을 정주행하며 난 데없이 월드컵 분위기를 내기도 한다. 쓸 거리가 생각나면 글을 끄적거리기도 하고 어떤 날의 추억 을 되살려 그림을 그리기도 한다. 글의 소재는 엄 마의 잔소리이기도 하고 엄마와의 추억 같은 사진 한 장이기도 하다. 그림의 주인공도 엄마이다. 병 원에 가면 긴장감에 말도 조용조용하게 하는 엄마 의 아이 같은 모습이고, 가을날 노랗고 빨갛게 물 든 키 큰 나무 아래 서 있는 엄마의 화보 같은 모습 이기도 하다. 딸의 시선에 담긴 엄마의 얼굴과 표정과 감정을 글과 그림으로 남긴다.

2주 전, 엄마와 낭독을 시작했다. 우연한 기회로 알게 된 '나의 하루'라는 책을 읽고 있는 엄마를 보며 책 속에 있는 짧은 기도문을 낭독하고 녹음해서 들려줬더니 재미있어 했다. 게다가 요전 날에 내 목소리를 예쁘게 봐주신 지인이 낭독 영상을 해보라고 권해서 덥석 시작해버렸다. 내 가능성을 봐주시는 분의 마음이 감사해서 시작은 미약하지만, 그 무엇이든 재미있게 시작할 수 있었다. 엄마도 즐거운 취미활동이 생기니 신이 났다. 일상의 새로운 재미가 추가되었다. 좋은 책을 고르고, 그 책에서도 좋은 낭독 거리를 찾는 것이 우리의 일이 되었다. 목소리를 가다듬어 낭독하고 음악을 맞추어 편집하고 적절한 때를 맞춰 업로드하는 게 벌써 조금의 부담감이 들다가도 즐겁게 받아들여 하고 있다. 하루하루가 직장생활을 하듯 짜 맞춰 있지만, 직장생활만큼 버라이어티하지 않다. 회사처럼 긴박하거나 정신없을 만큼 분주한 상황들은 별로 없지만,

매시간 주어진 시간을 우리의 것으로 받아들이며 열심히 살아내고 있다. 엄마와 나는 고작해야 작은 집 안에서 종종거리며 움직이지만, 꼭 필요한 일들을 나눠서 하며 손발을 맞추기도 하고, 때로는 넓은 거실 창에서 주방 가까이 들어오는 겨울 햇빛이 동에서 서로 넘어가는 시간 시간을 즐기며 설렁설렁 보내기도 한다. 한순간도 놓치고 싶지 않다.

우리는
매일
소풍을 갑니다

10년 전 4월의 어느 토요일, 엄마의 나들이 날. 엄마는 며칠, 아니 한 달 전부터 나들이 가는 날을 손꼽아 기대하며 봄, 가을 집에서나 직장에서나 큰일인 대청소로 고된 일정도 거뜬히 해냈다. 어릴 적 나도 정말 하고 싶은 걸 위해 하기 싫은 숙제 같은 건 일찌감치 해치우곤 했는데, 그런 점에서 나와 엄마는 똑 닮았다.

나들이 가기 일주일 전쯤, 냉장고 문에는 회사에서 나눠준 나들이 안내문이 척 붙여졌다. 말하자면 즐거운 예고장 같은 것이었다. 어릴 적 나도 학교서 소풍 간다는 가정통신문을 받아오면 냉장고나 방문 앞처럼 가족들 눈에 잘 띄는 곳에 붙여 놨었는데, 엄마도 나랑 정말 똑같다.

이틀 전쯤 장을 함께 본 후, 엄마는 50인분의 식혜를 준비했다. 어릴 적 나도 소풍 가는 날, 엄마가 새벽부터 싸준 몇십 줄의 김밥을 싸주시는 족족, 동네 이웃들과 옆집 병윤이네, 교회 가까운 성도들 집까지 소풍 가기 전에 먼저 배달하느라 바빴다. 사실 내 소풍 도시락보다 아침부터 돌리는 김밥 선물에 반가워하는 분들의 모습에 더 신나고 설렜다.

정점을 찍은 나들이 전날 저녁이었다. 엄마가 지난 한 달간 예고한 바와 같이 매우 분주하고 설렘이 가득한 밤이었다. 밤 아홉 시에는 은행에 가서 엄마의 나들이 용돈을 찾고, 혹시 무리할지 모르는 이들을 위해 인삼 몇 뿌리도 사러 갔다. 밤 열 시에는 특별히 '맛있게 잘 튀겨달라'고 주문한 치킨 열

다섯 마리를 찾으러 갔다. 집에 와서는 엄마를 졸라서 산 치킨 텐더 7조각을 엄마랑 여동생, 나까지 세 명이 순식간에 먹어치우며 소풍 전날의 설렘을 즐겼다. 야식을 질색하시고 여섯 시 이후엔 특별한 일 아니면 거의 드시지 않는 철저한 엄마도 냠냠 맛있게 먹었다. 소풍의 기대가 만들어낸 풍경이었다. 즐거운 야식 후, 나들이용 네일아트를 해드리고 엄마가 입고 간다는 바지를 이쁘게 다림질했다.

두 시가 되어 나들이 준비가 마무리되었다. 엄마는 눈을 붙였다가 새벽 네 시도 안 되어 일어났다. 너무 부지런한 엄마는 두 시간쯤 일찍 나가서 함께 가는 동료들을 위해 먼저 준비를 한다고 했다. 엄마를 배웅해 드리고 생일파티가 있다며 친구들 모임에 나간 동생까지 배웅한 후, 나는 가까운 햄버거 가게에 갔다.

'오가는 길 도심 속에도 하얗고 노랗고 분홍빛의 꽃들이 활짝 인 걸 보니 따뜻한 토요일의

덕유산은 장관이었겠지.'

한나절 봄나들이를 제대로 준비하고 제대로 즐기
는 엄마가 참 좋았다.

은평구로 이사를 오고 엄마가 암 수술을 한 후, 엄
마의 규칙적인 운동을 위해 엄마와 나는 함께 걷고
있다. 그냥 걷기만 하는 게 아니라 매일 소풍 가듯
그렇게 걷고 즐기고 있다. 주먹밥과 커피로 간단한
도시락을 싸서, 걸어서 가면 집에서 2, 30분이면 갈
수 있는 서오릉으로 매일 소풍을 다녔다.

"나한테도 이런 날이 오는구나!"

서오릉 소풍을 다니며 엄마는 종종 이렇게 말씀하
셨다. 아침밥 먹고 집안 청소하고 나서는 멸치볶음
에 매실장아찌까지 넣고 김 가루 솔솔 뿌려 주물럭
거리며 만든 투박한 주먹밥 몇 알과 텀블러에 담은
뜨거운 커피 한 병, 또 다른 텀블러에는 얼음과 생

수 한 병까지 넣어 배낭 가득 묵직하게 넣고 오고
가는 한 시간, 서오릉 안에서 한 시간 정도 걷다가
쉬다가 하는 게 엄마와 나의 소풍 여정이었다. 매
일 같은 길을 걷고 매일 같은 장소를 둘러보며 같
은 나무 벤치에 앉아 도시락을 까먹는 데도 번번이
그렇게 재밌을 수가 없었다.

> "엄마 꼭꼭 씹어서 드세요. 커피는 어떤 거?
> 엄마도 아이스 커피?"
> "응, 나도 시원한 거 먹을래. 너도 주먹밥 하나
> 더 먹어봐."

우리 모녀의 소풍은 엄마와 나, 서로에게 집중하며
서로를 살뜰히 챙기고 돌보는 시간이었다. 엄마는
어렸을 적 외가댁에서 자라온 이야기나 직장에 다
니던 때의 이야기를 들려주시고 나는 주로 듣는 편
이다. 우리는 서오릉에 특히 많이 심겨진 상수리나
무 덕에 다람쥐 마냥 도토리도 제법 줍는 놀이를
하기도 했다. 다람쥐 점심 도시락 차려주러 온 출

장 뷔페 요리사처럼 튼실하고 알차게 생긴 도토리 몇 개를 주워 바위 위에 나뭇잎 쟁반 깔고 그 위에 예쁘게 올려놓았다. 다 큰 성인 여자 둘이 쭈그려 앉아 꽁냥꽁냥하고 있으니 산책 오신 아저씨 한 분이 지나가다 걸음을 멈추고 물었다.

"뭐 하고 계시는 거예요?"
"아, 다람쥐 점심 도시락 준비해요. 다람쥐들 먹으라고 도토리 모아놓고 있어요."
"아이고, 예쁘네요. 사진 좀 찍어도 될까요?"
"그럼요. 편하게 찍으세요."

우리는 가을마다 하는 다람쥐 점심상 차려주는 일인데 재밌고 예쁘다며 사진까지 찍는 사람이 있으니 이 상황이 재밌었다. 소꿉놀이하는 초등학교 여자아이들처럼 별일 아닌 일에 우리 모녀는 웃겨 죽겠다고 깔깔 웃어대며 소풍을 즐겼다.

"내일 또 와야지. 다람쥐가 점심 잘 먹었는지

확인해야지."

오늘의 소풍을 잘 누리고, 내일의 소풍을 기대하는
엄마가 참 좋다.

느지막이
하는
공부

엄마는 학교공부를 많이 하지 못하셨다. 전라도 광
주, 거기에서 차를 달려 40분 이상을 가야 하는 영
광에서 태어나 자랐던 엄마는 지금의 세상처럼 고
등학교 의무교육 시대에 살지 못했다. 부모님들의
교육열도 그다지 높지 않았고 엄마 자신도 배우고
자 하는 의지가 그렇게 높지 않으셨다고 했다. 영
화에서처럼, 학교 안 보내주면 밥 안 먹겠다고 부
모를 협박하거나, 반딧불이나 호롱불에 기대서라
도 책 한 장 더 읽겠다고 늦은 밤, 눈을 시뻘겋게

만드는 일은 없었나 보다. 그렇지만 엄마는 노래 부르고 춤추기에 일등이었다. 온종일 노래만 부르라고 해도 부를 수 있을 것 같았다. 친구들과 담벼락에 말뚝박기하고 흙바닥에 반들반들한 돌멩이 다섯 개 골라 공기놀이하고, 고무줄놀이하며 뛰어노는 것이 책 읽기보다 훨씬 재밌고 좋았다. 이런 이야기도 스스럼없이 하는 솔직한 엄마가 참 좋다. 그때로 다시 돌아가지도 못하지만 확인할 것도 아닌데 조금도 가미해서 말할 줄 모른다. 그냥 있는 그대로다.

언젠가 직장에서 돌아온 엄마가 이른 저녁을 드시며 뜬금없는 이야기를 꺼냈다.

"검정고시 같은 거, 나도 할 수 있을까?"
"국민학교에서 어떻게 글씨 정도 배워서 까막눈만 아니지, 영어도 모르고, 글씨도 삐뚤삐뚤해서 어디 가서 글씨 쓰기도 창피하고."

공부하고 싶다는 말이다. 그전까지는 한 번도 내뱉

어보지 않았던 이야기였지만, 엄마의 못다 이룬 꿈에 한 발자국 다가갈 수 있겠다는 생각에 뜸 들이지 않고 좋다고 박수쳐드렸다.

  "검정고시? 좋지. 엄마도 할 수 있지. 해보자!
  내가 책 사 올게요."
  "엄마도 이제 공부하는 거야? 우리처럼 열심
  히 해야 해."

두 딸과 아들의 무한응원을 받으며 엄마는 중학교 입학 검정고시를 준비하기 시작했다. 그때 알았다. 수험서에는 생각보다 한자어도 많고 평소에 잘 쓰지 않는 문어체의 말투라 읽는 것부터 꽤 어렵다는 것을. 하루에도 몇 번씩 시험을 치르고 중간·기말고사에 모의고사, 수능까지 시험에 익숙한 우리와는 달리, 오랫동안 성경책 외에 다른 책은 잘 접해보지 못하신 엄마에게는 문제집조차도 어렵게 느껴진다는 것을 알았다. 백과사전처럼 두꺼운 검정고시 책을 식탁 위에 펼쳐두고 엄마와 하루에 한

두 장씩 함께 읽고 설명해드리며 엄마의 선생 노릇을 했다. 돌이켜보면 10년 넘는 과외교사 생활 중 가장 어려운 학생이기도 했다. '잘 이해가 안 간다, 책을 오래 보니 눈이 아프다, 오늘은 많이 했으니 그만하자'며 선생님의 가르침을 엄마의 권위로 한순간에 일축하는, 거의 유일의 학생이었기 때문이다. 사실 검정고시의 공부는 그렇게 순조롭지 않았다. 매일 새벽 네 시도 안 되어 집을 나서서 열 시간을 몸을 쓰며 고되게 일하고 온 뒤에 하는 공부가 어디 쉬울 수 있겠나. 물먹은 솜처럼 무거워진 몸을 이끌고 집에 돌아오면서도 엄마의 손에는 검은 봉지 몇 개와 장바구니가 항상 들려있었다. 여느 집 일하는 엄마처럼 집에 돌아와서도 쉬지 못하고 가족들 먹거리 준비에, 청소, 빨래까지 할 일이 태산이었다. 쌓인 일감을 해치우고 돌아서면 금세 또 할 일이 생기는 이상한 게임 속 주인공 같았다. 그런 엄마가 공부하겠다고 결심하신 것이 참으로 대단했다. 실상 엉터리 학생일 수밖에 없었지만, 엄마는 할 수 있는 만큼 최선을 다했다. 졸린 눈을

껌벅거리며 잠을 쫓으면서도 이해가 되지 않는 책을 붙잡고 있느라 사서 고생했다. 그러다 공부 못할 핑곗거리가 늘어나고 공부하는 날을 하루씩 건너뛰었고 나중에는 왜 공부하지 않으시냐는 딸들의 원성을 사면서도 들은 체 안 하시고 지나가기도 했다.

"나 못하겠어. 공부 …… 힘들어."

좀처럼 문장들이 이해도 안 되고 머릿속에 들어가지 않는다며, 엄마는 백기를 들었다. 그렇게 조심스럽게 시작했던 엄마의 도전은 슬그머니 사그라들었지만, 책과는 너무 오랫동안 멀어졌던 고단한 엄마의 삶을 아는 딸들로서는 더 강권할 수 없었다.

엄마는 학생,
아들은
선생님

엄마가 신앙생활을 한 지 40년이 훌쩍 넘었다. 어릴 적 작은 개척교회에서 신앙생활을 시작하고 여전도회 회장까지 하면서 오랫동안 성경을 읽고 외웠을 텐데도 여전히 성경은 어렵다고 말한다. 다행히 지금 출석하는 교회는 성도들을 위해 성경강좌를 많이 개설해놓고 있어서 학교처럼 학기마다 성경을 배울 수 있어 좋다. 엄마는 지난 학기에 이어 이번에도 사도행전을 연속해서 수강했다. 한 번이면 족할 법도 한데, 지역 명칭에 이름까지 어렵게 느끼며 잘 모르겠다고 풀이 죽어 있길래 다른 목사님이 강의하시는 사도행전 강의를 신청해 주었다. 엄마는 매일 10분 정도 되는 짧은 동영상 강의로 한 장 한 장 성경을 공부했다. 그래도 부족하다고 느끼고 이해 안 되는 부분이 있었는지 엄마는 아들에게 SOS를 쳤다. 엄마의 아들은 목회자다.

　사도바울이 어떻게 전도 여행을 했는지 태블릿 PC로 지도까지 보여주며 꼼꼼하게 설명해주는 아들이 한 시간을 넘게 엄마를 붙들고 성경을 가르쳐주었다. 시간이 날 때마다 틈틈이 엄마에게 성경을 가르쳐주는 아들 선생님에게 1:1로 성경을 배우는 학생 엄마, 둘의 모습을 보고 있자니 괜히 마음이 좋다. 돋보기안경을 쓰고 알아듣기 쉽게 누구보다 잘 가르치는 아들의 질문에 신나게 대답을 하다가 갑자기 말문이 막혀 이맛살을 찌푸리는 엄마가 귀엽기도 하다. 매일 새벽 이른 시간부터 하루를 시작해야 하는 아들 목사님은 피곤함도 잊고 성경 좀 가르쳐 달라는 엄마 집사님의 청을 흔쾌히 수락해주고 마음을 다해 열정적인 성경 과외를 해주니 고맙다. 엄마는 좋겠다.

할머니가
되고
싶어

엄마는 길에 다니다가 엄마 손을 잡고 아장아장 걸어가는 어린아이를 만나거나, 식당에 갈 때도 옆 테이블에 아이들이 앉아있으면 꼭 아는 체를 한다. 심지어 병원에 입원하는 중에도 옆 병동에 입원한 남자아이가 환자복을 입고 돌아다니는 모습도 오래 눈에 담아놓곤 했다. 며칠 전에도 병원에 가는 길에 할머니 손을 붙잡은 채 어린이집 가방을 메고 가는 귀여운 아이를 보고는 예뻐서 어쩔 줄 몰라 했다.

"안녕! 어린이집 가니? 잘 다녀와!"

자기 손주 예뻐하는 동네 이웃이 반가운 할머니는
아이 대신 인사를 건넨다.

"안녕하세요 하고 인사해야지!"

자동차에 관심 있는지 어린이집 가는 일은 잊고 자
동차 빵빵거리는 크락션 소리에 자꾸 뒤를 돌아보
는 아이의 모습도 예쁜지, 엄마는 아이 몸짓 하나
하나에 반응하며 갈 길을 잃고 한참을 아이와 눈
맞춤을 하고 발맞춤을 했다.

"엄마, 그만 가자."
"○○야, 어린이집 가야지."

할머니는 자동차에 홀린 손주를 재촉하고, 나는 귀
여운 아이에게 홀린 울 엄마를 재촉했다.
예순이 넘은 엄마가 손주를 기다리는 마음이 뭐 남

다른 마음일까 싶다만, 들어주지 못하는 딸내미 심정도 답답하긴 마찬가지다. 삼 남매를 둔 엄마에게 아직 손주 하나 없다는 게, 자식 노릇을 제대로 하지 못한 것 같아 어쩐지 죄송스러울 때도 많다. 특히나 그날처럼 아무 상관 없는 남의 집 어린아이에게도 사랑스러운 눈길을 보낼 때는 더 그렇다. 그래도 쉽게 들어드리기 어려운 것은 어쩌면 비혼의 삶이 익숙하고 편하기 때문일지도 모른다. 그보다 앞선 이유는 아버지의 영향이기도 하다. 번번이 술에 취해 가장 사랑하고 아껴주어야 할 아내에게 함부로 대했던 남편이 내 아버지의 모습이어서, 나는 저런 남편이라면 차라리 처음부터 없는 것이 낫겠다고 생각했었다. 더불어, 남동생은 아버지의 저런 상처투성이의 거친 모습을 닮지 않고 자라길 바라고 또 바라왔었다. 사회복지를 공부할 때, 상담이나 가족치료, 사례관리와 관련된 수업에서 교수님들이 하나같이 했던 이야기가, 가정폭력의 피해 가족들의 자녀들이 자라게 되며 가해자인 부모의 모습을 닮는 경우가 많다는 것이었다. 그런 가정에서

자라온 내가 듣기 무척 불편하고 보기 싫은 통계자료였다. 인정하고 싶지 않았고, 그렇지 않고도 잘 살 수 있다는 사례를 나를 통해, 우리 가족을 통해 보여주고 증명해내고 싶었다.

그런 바람 때문에라도 좋은 사람을 만나 예쁜 가정을 꾸려 잘 사는 모습을 보여주면 좋았을 텐데, 결혼 문제만큼은 그렇게 쉽지 않았다. 내가 가장 가까이에서 20여 년을 봐왔던 남편의 상(想)이 내 아버지였기 때문에 쉽사리 그 잔상에서 벗어나기 어려웠다. 아버지와 함께 지냈을 때도 아버지가 좋았던 기억이 별로 없었고, 아버지를 떠나온 21년 전, 그 이후에는 아버지를 잊으려고 애썼고, 그럴수록 결혼에 대한 막연한 로망과 바람은 희미하게 흩어졌다. 누군가 시작한 지 모르지만, 내가 중학교 1, 2학년 때만 해도 배우자를 위한 기도를 해야 한다는 게 크리스천들 사이에 유행처럼 번져서 너도, 나도 배우자를 위한 기도 제목을 적으면 서너 개, 많으면 열 몇 개씩 적어놓고 마치 이상형의 배우자를 찾듯 기도했었고 나도 그중 하나였다. 그래야 한다고 하니까 그래야 하는 줄 알았다. 그렇지만, 아무리 배우자에 대한 기도 제목을 적어놓아도 그 기도보다는 폭군 아버지를 잠재워달라, 우리를 살려달라, 살길을 열어달라, 이렇게 살고 싶지 않다, 하실 수 있다면 아버지를 변화시켜달라는 기도 말고는 내뱉어지는 다른 기도가 없었다. 그만큼 절실했다. 자연스럽게 배우자에 대한 기도는 잊었고 아내와 자식들을 자기 목숨처럼 여기며 끔찍하게 생각하고 아끼고 사랑하는 아버지와 남편의 모습도 신기루처럼 멀어졌다.

물론 나도 초등학교에 다닐 때만 해도 결혼하고 아이를 갖고 하는 평범한 삶, 그 속에 내가 들어가지 않을 것이라는 생각은 한 번도 해보지 않았다. 누구처럼 당연히 나도 그렇게 되겠지 했던 평범한 보통의 삶에서 다양한 삶의 가지를 치게 될 거라고는 상상도 하지 않았다. 여리고 예민한 중·고등학교 시절을 포함해서 10여 년을 힘겹게 보내면서 내가 생각해온 평범한 삶은 그냥 쉽게 얻을

수 없는 것이라는 생각으로 짐짓 포기 비슷한 것을
했는지도 모르겠다.

언젠가는 결혼할 수 있겠지 생각했던 막연
한 기대가 내 안 어딘가에 여전히 남아있는지도 모
르겠지만, '결혼할 수 있겠지' 보다는 '결혼하지 않
겠다'라는 결단이나 '결혼하지 않고 사는 것도 괜
찮겠다'라는 마음으로 많이 기울어져 있는 지금의
내 모습 때문에라도 엄마의 기대에 부응하지 못하
게 되어 죄송스러울 따름이다.

때로는 엄마도 '여자가 능력 있으면 혼자 살아도
괜찮아' 하거나, 성경의 바울을 떠올리듯 '이것저
것 신경 쓰지 말고 일 열심히 하면서 하나님께 영
광 돌리며 그렇게 사는 것도 좋지' 하기도 하는데,
그보다는 빨리 저마다 잘 맞는 짝을 맞춰 알콩달콩
행복하게 사는 모습을 보며 흐뭇하게 손주를 안고
사는 할머니가 된 자신을 꿈꾸는 날들이 많다. 엄
마의 꿈과 딸내미의 마음이 평행선을 긋고 있는 현
실이 죄송하지만, 어쩌면 비혼의 길에 성큼 들어섰

는지도 모르는 딸을 보면서도 희망(?)을 놓지 않는 엄마의 꿈 꾸기는 계속될 것 같다. 아, 머리 아프다.

엄마는
영웅시대

2020년, 2월 즈음이었던 것 같다. 코로나가 막 심
각해지던 초기였는데, 미스터 트롯이라는 텔레비
전 프로그램을 알게 되면서 임영웅 팬으로서 엄마
의 즐거운 취미생활이 시작되었다. 팬 카페에는 가
입하지 않았지만, 영웅이를 보면 왠지 하나뿐인 아
들이 생각난다고 했다. 아들과 떨어져 지내고 서로
바쁘니 자주 볼 수 없지만, 왠지 더 그리워지는 마
음으로 임영웅 노래를 듣고 박수치는 게 엄마 일상
이 되었다. 임영웅이 미스터 트롯에서 우승을 했을
때는 마치 임영웅 엄마라도 되는 양 두 손 꼭 마주

잡고 초조하게 기다리다가 환호성을 지르며 함께 좋아했다. 임영웅의 생일이 있는 6월 어느 주간에는 전국에 있는 팬클럽 지부에서 지역별로 임영웅 생일 카페를 연다고 해서, 두 딸은 엄마를 데리고 홍대, 송파, 강동, 은평의 생일 카페를 찾아다니며 차도 마시고 임영웅 굿즈도 샀다. 한여름을 앞두고 한창 뜨거울 때인데 임영웅이라고 쓰인 하늘색 애드벌룬 아래 뙤약볕을 견디며 30분 이상을 서서 기다리면서도 다리가 아프다거나 힘들다 하지 않으니 신기했다.

처음에는 임영웅 노래 들으면서 따라 부르고 하는 수준이겠지 싶었는데, 노래 찾아 들으신다고 유튜브도 하고 주말 드라마도 아닌데 매주 하는 트로트 프로그램을 찾아보기도 했다. 코로나로 바깥출입이 자유롭지 않고 교회도 가지 못하게 된 판국이라 신당동 어르신 댁 말고는 딱히 다닐 곳도, 즐길 거리도 없는 엄마에게 집안에서 즐길 수 있는 취미생활이 생겨서 좋았다. 매사 적극적이고 활동적인 엄마가 소일거리도 없이 괜히 우울해지면 어쩌나 걱정도 됐는데 가수 한 명 때문에 이토록 활기를 얻고 좋아하시니, 임영웅 씨를 만나면 고맙다고 절이라도 할 판이었다.

좋아하는 엄마의 모습에 덩달아 신이 나서 엄마 이름으로 요즘 화젯거리인 인스타그램 계정을 만들어드리고 엄마 대신 관리자로 활동을 해온 지 벌써 3년 차가 되었다. 임영웅과 관련된 사진, 노래, 영상을 편집해서 올리니 다른 팬들에게 좋아요와 댓글도 심심치 않게 받으며 소통하니 더 좋아했다. 좋아요가 몇 개고, 몇 번 보고 하는 게 숫자로 나타나니 그런 알림만 받아도 신이 나서 딸들에게 보여주느라 정신없었다. 둘째 딸이 좋아하는 배우가 나오는 드라마를 찾아봤던 거 말고는 딸들은 흔히 말하는 연예인 덕질을 한 적이 별로 없는데, 예순 넘은 엄마가 가수 좋다고 매일같이 그 가수 노래 찾아 듣고, 생일이면 팬 카페도 찾아가고 굿즈도 사들이니 엄마가 새롭게 보였다. 그동안 좋아하는 것이 있어도 '좋다, 사고 싶다, 먹고 싶다, 가고 싶다'라는 이야기를 별로 하지 않았는데, 이제는 엄마도 많이 편해졌나 보다. 전보다 많이 표현하고 많이 요구한다. 먹고 싶은 것도, 좋은 것들도 가감 없이 이야기한다. 특히나 좋은 마음을 드러내시는 엄마의 방식이 자유로워져서 좋다. 좋아하는 가수 임영웅의 노래를 들을 때면 원곡 가수 못지않은 감성에 젖어 눈을 지그시 감고 고개를 좌우로 휘젓기도 하고, 박자를 맞추듯 고개를 까딱거리며 그새 외워버린 노래 가사를 따라 부르기도 했다. 임영웅이 광고하는 피자를 '임영웅 피자'라고 부르며 한 달에 두어 번은 시켜 먹고, 집에서 커피 한 잔을 먹을 때도 임영웅이 잘 마신다는 인스턴트 커피를 옆에 두고 사진 한 방을 찍어 엄마의 인스타그램 계정에 올려달라 한다. 임영웅 생일 카페에 가면 임영웅 등신대와 함께 평소 잘 찍지 않던 사진도 찍고 으레 나오는 임영웅이 부른 노래 메들리를 들릴 정도로 따라 부르기도 한다. 임영웅이 아들 같아 좋고 아들 같은 가수가 부르는 노래가 좋아서 딸, 며느리 손 붙들고 온 다른 어머니 팬들의 면면을 가만가만 관찰하면서 저이도 나처럼 영웅이를 무척이나 좋아하나보다 하며 흥분된 팬들의 모습에서 본인의 소녀 시절을 발견하는 것 같았다. 별것도 아닌 소소한 일상이지만 그 작은 것에 한없이 즐거워하는 엄마의 모습에 딸들도 박수치며 함께 즐거워한다. 엄마가 웃을 때 우리도 함께 웃고, 엄마가 눈물을 훔치면 우리도 금세 눈알이 새빨개진다. 언젠가 지나가듯 하는 말에 갑자기 콧등이 시큰해졌다.

"나한테도 이런 날이 오는구나. 좋다. 근데 이렇게 좋아도 되는 걸까?"

"엄마, 이제는 엄마도 마음껏 누리고 마음껏 표현해요. 좋은 것들은 좋고, 아쉬운 것은 아쉽다고, 힘든 것은 힘들다고……. 그래도 돼요. 엄마가 하고 싶은 것, 해보고 싶으셨던 것 하나씩 즐겁게 같이 해봐요. 날마다 그렇게 누리며 살아요. 그래도 돼요. 엄마는 그래도 돼요."

괜찮아요

여느 날처럼 점심을 먹고 소화할 요량으로 엄마와 집 근처 공터를 돌며 산책 겸 걷기 운동을 하고 있을 때였다. 휴대전화가 울렸다.

"선생님, 안녕하세요?"
"써니 선생님, MC 용입니다. 잘 지내셨어요?
요즘 어떻게 지내세요?"

반가운 이름과 반가운 목소리를 들으며 나도 모르게 입꼬리가 올라가며 미소가 지어졌다.

"네, 괜찮아요. 저는 잘 지내고 있어요. 별일
없이. 엄마도 건강하시고."

'일하는 나'였을 때처럼 사람들과 자주 연락하고
지내는 것은 아니지만 이따금 안부를 물어오는 사
람들이 있어 특별할 일 없는 소박한 일상을 나누게
된다. 정말 별일 없는 일상이다. 눈을 비비며 새벽
을 깨우면 엄마가 따라주는 따뜻한 물 한 잔을 공
복에 마시고 그나마 남아있는 잠을 쫓고, 엄마와
주방 한쪽에 앉아 새벽기도로 하루를 시작한다. 엄
마가 새로 사드린 줄 노트에 기도 제목을 옮겨 적
는 동안 잠깐 모자란 잠을 자고 일어나 아침 식사
를 하는데, 엄마는 오트밀에 두유를 부어 블루베리
몇 알을 넣어 먹고 동생과 나는 식빵이나 베이글로
간단히 먹거나 냉장고에 있는 반찬 몇 가지를 꺼내
한식으로 먹기도 한다. 설거지와 청소를 하고 나면
엄마는 좋아하는 하용조 목사님의 책을 읽다가 나
른한 한낮의 햇볕을 즐기며 소파에 누워 낮잠을 즐
기고 나는 가벼운 스트레칭을 하고 책을 읽거나 글

을 쓰거나 그림을 그린다. 엄마와 시작한 낭독 유튜브 채널에 올릴 책의 한 챕터를 녹음하기도 한다. 날이 좋은 날에는 엄마와 나는 도시락과 커피를 챙겨 서오릉으로 소풍을 간다.

어렸을 적, 누군가가 나에게 미래에 관해 물을 때면 선생님이 되고 싶다고 대답했고 당연히 남들처럼 평범하게 살 거라 생각했었다. '고등학교를 졸업하면 바로 대학에 입학하고 졸업하면 초등학교 2학년 때 담임 선생님처럼 아이들을 사랑으로 잘 품어주는 선생님이 되겠지. 학교에서 학생들을 가르치며 즐겁게 하루를 지내다 퇴근하면 남편이 있고 아이들이 있는 가족에게 돌아가 저녁을 지어 먹겠지. 아이들이 책을 읽다 잠들면 남편과 차를 마시며 아이의 교육에 대해서, 요즘 일과와 고민에 관해서 이야기를 나누는 여유도 부릴 거야. 주일이면 가족 모두 단정하고 깨끗한 옷을 입고 교회에 가서 예배를 드리겠지. 가까운 성도들과 즐거운 식탁 교제도 나누고 서로를 위해 기도해주는 하루를 보내다 다시 집으로 돌아오겠지. 아마 그런 평범한 일상을 살겠지' 생각했었다.

돌아보면 그런 생각은 상상에 그쳤고 어린 시절부터 막연하게 생각했던 평범한 삶에 대한 기대는 채워지지 않았지만, 오늘의 나는 매우 평범한 일상을 보내고 있다. 특별할 것 없는 반복된 일상이지만 날마다 평온하고 감사하게 지내고 있다. 졸린 눈을 비비며 매일 깨어나 비몽사몽이라도 기도로 시작할 수 있는 것도, 아침 식사를 함께할 수 있는 가족이 내 곁에 있는 것도, 이사 온 집이 오후까지 집안 가득 햇볕이 들어오는 것도, 엄마에게 햇볕 찜질을 즐길 수 있는 여유가 생겼다는 것도, 매번 메뉴를 고민하지만 끼니는 걱정하지 않아도 된다는 것도, 오래된 동네에 이사 왔지만 조금씩 동네 골목 곳곳을 다니며 익숙해지고 편해지고 있다는 것도, 미래를 꿈꾸고 준비하지만 할 수 있는 만큼 급하지 않게 궁리할 수 있다는 것도, 가끔 동생 차를 타고 서울 근교로 나가 바람도 쐬며 일상의 지루함을 풀 수 있다는 것도, 모두 감사하다. 그렇게 꿈꾸어

왔던 평범한 삶은 사실 평화, 평안의 잔상이지 않았을까? 누구에게는 평범하고 지루한 일상일 수도 있지만, 내게는 꿈꾸어 왔던 평화가 가득한 순간의 연속이다. 엄마와 나, 우리 모녀는 매일 그렇게 살아가고 있다.

후 기

작년 4월 이사 와서 6년 다 되는 묵은 짐을 풀고 정
리하며 새로운 보금자리에 적응하느라, 새로운 동
네에 익숙해지느라 정신없이 봄을 보냈다. 1년을
지나 다시 또 봄이 왔다. 겨우내 '내년에는 테라스
에 꽃 화분을 사서 놓자' 라며 동생과 다짐하듯 이
야기를 나눴는데, 어느 날 봄 산책으로 서오릉까지
오가는 길 가에 줄지어 있는 화원에서 드디어 우리
의 봄을 들여왔다.

　　　제라늄, 물망초, 치자, 라일락, 비덴스, 데
모르, 금계국, 종이꽃, 캄파눌라, 이름 모를 보라색

꽃까지, 한 달 열심히 꽃을 피우던 열 가지의 화분
들은 점점 뜨거워지는 새로운 계절을 맞이할 준비
가 한창이다. 짧은 봄, 예쁨을 뽐내다가 지는 꽃봉
오리 사이로 까만 씨를 뿌려놓기도 하고, 활짝 피
웠던 꽃이 지는가 하면 새로운 꽃망울이 터져 나오
기도 한다.

"엄마, 꽃이 졌다 폈다 하네."
"져 주는 거야. 다음 꽃 피우라고."

꽃이 지는 건 져 주는 거다. 자기 혼자만 피어 있겠
다고 고집 피우지 않고 다른 꽃이 피는 기회와 시
간을 주는 거다. 꽃이 봄과 어울려 사는 방법이다.

내 이름으로 책을 펴낼 수 있다는 기쁨도 잠시, 흩
어졌던 글을 모으고 보태고 다시 쓰기 시작하면서
속도가 붙을 때도 있었지만 한참 동안 버벅거리기
도 했었다. 오랫동안 꼭꼭 숨겨 두었던 우리 가족
의 아픔을 끄집어내려니 속 깊은 우물 바닥에 엉겨

붙은 이끼처럼 좀처럼 꺼내기가 어려웠다. 그날들을 떠올리면 머릿속이 고장난 아날로그 티브이의 찌그러지는 화면과 지직거리는 소리로 가득 찼다. 어떻게 해도 그날의 주파수로 맞혀지지 않았다. 글이 써지지 않아 노트북과 씨름하며 썼다 지우기를 반복했다.

누구에게든 깊은 상처의 순간을 다시 떠올리고 직면하는 일은 상처받았던 그 날만큼이나 고통스러운 일인 것 같다. 그러다 결국 다시 글을 써 내려갈 수 있었던 것은 글을 써야 하는 이유, 기대와 바람 때문이었다. 잘 살아왔는지 문득 궁금해진 나에게 스스로 답해주어야 했다. 나와 비슷한 상황을 겪으며 힘들어하는 사람, 과거의 상처로 아직도 몸부림치는 사람에게 이 책이 위로의 말을 걸어주길 바랐다. 사랑하는 가족을 돌보는 반복된 일상으로 지친 사람에게 쉼표를 선물하고 싶었다.

"괜찮아요?"
"잠깐 쉬어도 괜찮아요."

"힘들다고 이야기해도 괜찮아요."

"다 괜찮아요."